石坂周造をめぐる異色の維新史

新版

「浪士」石油を掘る

真島節朗
Mashima Setsuo

共栄書房

新版「浪士」石油を掘る——石坂周造をめぐる異色の維新史◆目次

明け烏

野良犬

徳川慶喜《よしのぶ》が大政を奉還したのが慶応三年の十月十四日、当時三百年続いた将軍家の権威や実力が、砂上の楼閣さながらに消え去ろうとしていることなど、まだ想像できる人はいなかった。

それからわずか五ヵ月後に新政府軍が江戸に迫り、江戸城の総攻撃の日を三月十五日と定めた。その前日と前々日に勝海舟が高輪の薩摩藩邸（あるいは田町の蔵屋敷といわれる）で西郷隆盛と会談し、江戸における市街戦を回避させたことは、歴史に名高い。

十五日は、やや肌寒い雨雲に覆われていたが、いつもの春と同じように明けた。慶喜はすでに上野の大慈院に引きこもり、ひたすら恭順の意を表している。この日こそ、まさに「明治革命」のクライマックスとなるべき日であった。

「明治維新」ということばを避けたのは、黒船到来の前後から明治憲法発布に至る頃までの四、五十年に及ぶ期間を漫然とさすのではなく、慶応三年と四年の日本史上稀にみる大変革をいいたかったからだ。教科書ではこの時期を「王政復古」という。しかし、当時の人びとが感じていた状況やインパクトとは、相当のずれがあるように思える。

慣用されていた「ご一新」は、民衆の強い願望であった「世直し」への期待が込められており、当時のいくつかの文書に残されている「革命」ということばのなかには、単なる政治権力の交替ではなく、「天業回古」という抽象的ながら理想とする政治をよみがえらす機会である、というとらえ方があったことを示す。

ところが「革命」と呼ぶことには、皇国史観であろうが史観であろうが歴史学者が一致して賛成しなかった。多くの日本人が夢を託し、迷い、血を流し、劇的な近代日本の幕開けを果たしたことは、一体何だったのであろうか。

下谷御成《したやおなり》街道から明神下を横切って、徒歩の若い武士がつきそったかごが行く。このところ江戸の町は、郊外に避難しようとする市民の車や荷物の雑踏が続いていた。しかし、今日このあたりは、なぜか奇妙に静まりかえっている。

やがて湯島聖堂に向かう坂を登りつめたかごが、なかからの声に応じて止まった。

「五年ぶりの娑婆《しゃば》、天下の眺めもさぞかし見違えるほどじゃろう」

のっそりとおり立った長身の武士は、丸腰のまま薄日のさしはじめた江戸下町をまぶしそうに見おろした。

色白に似合わぬ幅広い唇と頑丈そうな鼻梁《びりょう》。細い目からもれる眼差《まなざ》しは、ときに射るような鋭さがあるかと思うと、次の瞬間、なにごともなかったように落ち着き払った柔和さをとり戻す。それだけでなにか飲み込まれそうな威圧感を人に与えた。

石坂周造、三十七歳。本編の中心人物である。

尊王攘夷の浪士で関東を中心に大活躍し、戊辰戦役終息後はベンチャービジネス第一号ともいえる「石油会社」を創立、殖産興業の旗手となるなど、維新に情熱と生涯を捧げた。

しかし、小説のわき役に「おおほら吹き」か怪物で扱われることはあっても、正史に表れることはまずない。薩長土肥出身者なら維新のヒーローとなったであろうし、政治を動かし、財閥でも残せば元勲のひとりになっていたかもしれない。周造の性格もあるが、とにかく謎の多い人物である。

つきそいの若い武士が声をかけた。

「石坂さんは江戸におとどまりなされますか」

「それも天下次第。貴殿のように国元が気がかりだということもなし。ま、拙者にとって落ち着けるところは、牢のなかが一番ということになるかもしれんなあ……」

周造は腕組みして歩きだしたが、何かいいかけようとした若い武士をニヤッと見やって再びかごの人となった。

この朝、五年間続いた秋田藩佐竹侯預けの身柄から、突然「お構《かま》いなし」のご沙汰を申し渡された。とはいうものの公儀にとっては、厄介極まる攘夷派浪人の頭目《とうもく》である。一応は旗本の山岡鉄太郎（鉄舟）預けということにして、形ばかりの護送をする途次であった。

周造がなぜ「厄介」なのかを知るためには、過去十数年の激しい時代の流れと、周造の周辺に何が起こったのか、そしてどんな人物とかかわっていたのかを検証する必要がある。


ペリーがアメリカ艦隊を率いて浦賀に来航し幕府に開国を迫ったのが、嘉永六年すなわち一八五三年、世はまさに泰平の眠りを覚ます激動の時代に突入していた。

当時周造は二十一歳前後で、幕府の奥医師・石坂宗哲の流れをくむ石坂塾にいた。そこには、勤王の泣き男・高山彦九郎の心酔者で、三つほど年上の北条玄昌という男がおり、周造に少なからぬ影響を与えていた。

たった四杯の正喜撰《じょうきせん》（蒸気船）であっても、血気にはやる周造をかり立てるには十分すぎるほどの刺激である。早速「徳川の君側《くんそく》の奸《かん》を除き、朝意《ちょうい》を奉戴する征夷大将軍とする」という趣旨の斬奸《ざんかん》書を作り、直ちに行動を起こすよう北条をせかした。

この時期には、まだ尊王攘夷を旗印にした有力な政治勢力があったわけではない。アメリカのおどしに対し、幕府は捨身の戦争を仕掛けるのか、開国やむなしとするのかを決めかねており、外様《とざま》を含む各藩や各階層の意見を広く募集している最中で、誰が君側の奸なのかもはっきりしていない。

周造らが、ねらいも成算もないテロ計画を持ちだしたのは、世情騒然とするなかでやや浮かれ気分も手伝ってのことか、無分別としかいいようがない行動に走った。そんなことだから、斬奸書も決行の算段がないうちにその筋の手に入り、たちまちおたずね者の身となった。

ここから、約七年にわたる周造の逃避行が始まる。しかしその間、志士というにはいささか軽率な挙動が多く、特に政治的行動をした形跡もない。断片的に残る行状記は次のようなものである。

周造は、品川宿などに手配書が張り出されているのを知って乞食坊主に姿をかえ、やや狼狽《ろうばい》ぎみに北条と江戸を脱出した。藤沢まできたとき、北条の持病の脚気が悪化して歩けなくなったため、木賃宿に北条を置いて、こんどはあんまに化けて逗留費《とうりゅうひ》を稼ぐことにした。

この時、客の九州出の武士と喧嘩をする。武士は妾らしい若い女と、四、五人の家来を連れていたが、もみ代の二十五文を周造の懇願にもかかわらず二十文に値切り、そのうえ武士にことばを返したといって金を投げ与えたというのが原因だ。

騒ぎを聞きつけた宿の主人や番頭が飛び出してきて、その場をとりなした。しかし周造はおさまらず、宿に帰ると五貫文の所持金を財布ごと北条に渡して決別することにした。

翌朝周造は、道中に昨夜の武士を待ち伏せし真剣勝負をいどんだ。周造に武芸の心得はない。しかも相手は大勢だ。勝算は初めからなかった。

だが奇跡は起こった。一夜明けて僧形《そうぎょう》に姿を変えた周造が、決死の形相で立ちふさがっている。ここで面倒を起こしては、この先の旅に差障りになると見たのだろう、武士はやにわに土下座して周造に詫びた。驚いたのは周造の方である。周造は、そのまげのあたりをわらじで踏みつけると、うしろも見ず足早にその場を去った。

京都では、烏丸通りの漢方医・木野古党の家に潜伏した。四、五ヵ月後のある夜、屋敷を五、六十人の捕吏《ほり》に取り囲まれた。身に覚えのある周造は、抜き身の刀をつかんで家を飛び出した。捕吏は周造が寄ると逃げるといった風で、退路を断つようなこともしなかった。周造は逢坂山《おおさか》の方へ逃れたが、追っ手も深く追わず途中で退散した。

墓地のなかにひそんだ周造は、これから先、とても逃げ切れそうにもないと観念した。また、自首しても公務執行妨害が加われば死罪はまぬかれず、類を親戚縁者に及ぼさないためには、切腹しかないものと心に決めた。そして、刀を腹に突き立てた。

気が遠くなりかかった周造は、すぐ後を追ってきた木野に介抱され、万全の治療を受けたため、ことなきを得た。

周造は旅先に不安でいるより、関東にいて情勢をうかがった方がよいと思ったのか、完全に創も癒えぬうち木野が止めるのも聞かずに下向《げこう》した。だがさすが江戸には入れない。江戸周辺を転々とした後、下総のというところに落ち着き、なかば公然と町医者になりすましていた。

無名で若い一匹狼を、いつまでも追い続けているほど、公儀にひまがあったわけではない。全国指名手配も周造の思い過ごしであった可能性が強い。周造が確信犯として逮捕されたのは、尊王攘夷の過激派「虎尾の会」のメンバーになってからである。

虎尾の会

虎尾の会の中心人物は出羽国出身の浪士、清河八郎である。清河は吉田松陰と並び称された人であるが、武芸にも関心が高く、二十三歳の時に千葉周作道場玄武館へ入門、数年で大目録皆伝をとる天性があった。玄武館は尊王の気風が高く、そこで若い旗本の剣士、山岡や易者出身の安積《あさか》五郎などと知り合うことになる。

外国の威喝に狼狽して右往左往する幕府。和親条約を違勅専断とする朝廷や諸藩。失墜する幕府の権威を食い止めるため世論の封殺を図った安政の大獄。その張本人である井伊大老が、水戸藩士らの襲撃を受けて斬首された桜田門外の変。これを破局の前兆と感じ、動乱の始まりと見たのは、門地身分を問わず、改革に情熱を燃やす若者たちの一群であった。

清河はこの間の安政四年、神田お玉が池に私塾を設け「文武指南所」の看板を掲げた。ここを秘密本部として、山岡をはじめ安積などの千葉道場同門を中心に各地の志士が集まってきた。

清河が周造とめぐり会った前後の事情は、清河がのこした『鹿島《かしま》紀行』や『潜中始末』のなかにくわしい。周造を紹介したのは、清河の同志で下総《しもうさ》佐原《さわら》で道場を開いていた村上俊五郎であった。

文久元年の冬、江戸では水戸義団または水戸天狗《てんぐ》と称する一団の暗躍がうわさされていた。彼らは勤王と自称し、鹿島から潮来《いたこ》、さらに成田のあたりまで出没して、

「攘夷決行のため横浜を焼討ちする」

という口上で、富豪や商人から金品を巻き上げているという。

清河は、これが真の憂国の士の行動なのかどうか確かめてみたいと思った。また同志村上の安否をたずね、村上がかねて話題としていた周造と面会してみる気にもなったので、正月の末、従

僕ひとりを連れてお玉が池を出発した。

以下、臨場感あふれる清河の記録をかりてあとを追ってみよう。

周造と会ったのは、神崎神社の入口にある真壁屋という宿屋である。清河は初対面ですっかり周造が気に入った。

「種々の豪談いたらざるなく、飲むこと巨鯨の巨海を傾くるの勢いにて、この楽しみ意外に出《い》ず」

ふたりは、初対面で意気投合し、共に死を誓いあう間柄になった。

明けて二月一日、宿の主人が止めるのも聞かず、清河は、周造、村上と従僕の四人で鹿島参詣といって潮来に向かった。

佐原まで来ると人影はまばらで、たまに近在の人に往来で出会うとさっと左右に避ける。

「あるいは三、四歳の童子といえども、頭を地につけてかしこまる。その有様、まことにふびんに思わるるも、まったく天狗どもの暴威に凝《こ》り恐るる有様なり」

天狗の常宿とされている江戸屋という楼にあがり、早速酒をいいつけたところ家中の者がでてきて
「その、もて、はなはだしく、自由いうばかりなし。酒価の廉直《やすね》またはなはだし。みな、この天狗のため粗忽《そこつ》なければよきというばかりなり」

翌日は舟を利根川に浮かべ、一里ほど下って十三潟に入った。真冬ではあるが雲ひとつないおだやかな日和である。その壮快な風景に魅せられた周造と村上は、舟子から櫓《ろ》をとりあげ片袖を

脱いで舟を漕ぎだした。従僕もここぞとばかり得意な故郷の舟歌に大声を張り上げた。このあたりは天狗の本拠に近い。舟子は恐怖のあまり、舟底にうずくまった。

潮来に上陸した一行は、周造の知っている一軒の茶店に入った。茶店のおかみはひきつった顔で周造に耳打ちをし、天狗連が七十人ほど近くにたむろしており、他所から来たものには間違いなく言いがかりをつけるから、静かにしてくれと頼んだ。

「この地のことは、もっぱら石坂に委任し、彼またもっぱらこれに任じ、舌頭《ぜっとう》に説論せんといまや来るを待ちある。われらは奥に座し、酒を命じ、かつ、妓を命ぜしも、天狗の者どもにことごとく陪従《ばいじゅう》せしゆえ、外客に来たる者なしという」

果たせるかな、しばらくしてやってきた。

「何の士か、剣術濡衣《ぬれぎぬ》など着し勢い盛んに至るは、さだめし子細やあらん、承りたしという。店嫗《う》これを取り次いでいう。一人は近き所の医なり、二人は知らずという。石坂すなわち店嫗にいう。二人は東都の歴々の者なり。名前はいわず。用あらば面会せんという。しばらくありて、また来たり、松本屋にて面会せん、いまに案内するという。宿の者事の起こるを気遣い、面色土のごとし。石坂は勇み喜び待ちある」

待っている間も「豪飲至らざるなく、あるいは踊り、あるいは高歌、快音、近隣をゆるがすばかり」で、とうとう全員倒れて寝込んでしまった。天狗連は、深更に至るまで一行をうかがっていた気配であったが、清河の大いびきで、まわりの者が目をさますといった有様、天狗も完全に出鼻をくじかれたとみえ、なにごともなく朝を迎えた。

天狗連の正体を見た清河は、江戸への帰途、周造に新しい同志として加わるため出府するよう懇請した。

周造が加わった虎尾の会は、横浜の外人館焼討ちの秘策を練ったり、決行の時期を申し合わせるなど、テロ集団の地下組織めいたことをやりながら、一方では、口角あわをとばして大議論をしたり、酒を飲んでは部屋といわず庭といわず「豪傑踊り」と称する騒ぎを繰り返すなど、開放的な一面もあった。

ある時、清河は山岡に議論を吹きかけた。

「山岡さん。今日は貴殿の存念《ぞんねん》をはっきりお聞きしたい。あなたは旗本でありながら性は潔白で勤王の志があつく、武道への修心、鍛錬はとうてい他人の及ぶところではない。しかし、攘夷が必ずしも幕府の望むところではない、となると幕臣である貴殿はわが身をかえりみて日和見《ひよりみ》をきめこむ。失敬ながら私にはどうもそう思えてしかたがないのだが」

清河は山岡より六歳年上で、日頃先生とよんで尊敬してきた。このように切り出されて、いいわけがましいつくろい方をすると、逆効果になることは山岡も承知している。無言で笑顔をかえすだけだった。清河は続けて声を励まして迫った。

「え、貴殿の修行は誰のためにしているのかね。国のため、人のため身命を捨てる志操があるのかね。それともわが身のためが目的なのかね。それをまず聞かせてもらおう」

「はっ、は、は、は」

山岡は、答えに窮して大声で笑った。

「この不届き野郎！　きさま、人倫の何物たるを知らず、木石にもおとるにせ侍だ」

大喝一声、清河は身を震わせて怒った。山岡は居住まいを正して静かに答えた。

「拙者は浅学無識でございます。そのようなむつかしいことを聞かれたのは初めてのことで、すぐお答えすることはできませんが、強いてとの仰せなら遠慮なく申し上げます。

先生は吾人済世《ごじんさいせい》の要は、君のため国のため、あるいは人のために尽くすをもって、極道《ごくどう》とお考えのようですが、それに違いはありませんか」

「当然だ、私は及ばずながら、いささかでもまたどうしたら貢献できるのか、そのことが片時も頭をはなれず、また実行もしているつもりだ」

「先生、私はそうは思いません。先生のおっしゃっていることは自負心、それでなければうぬぼれと申し上げるよりありません。かりに、その自負自慢のうぬぼれ心を去って、正味のところをぜひお聞かせ下さい」

「うぬぼれとは何ごとだ。貴様は正気でいっているのか」

「さようでございます。どうかそこのところをお考えください。先生のお宅にも召使がいます。朝夕先生につかえてなお君国に奉公したいと考えているとしましょう。その人を先生とくらべて優劣が論じられますか。人間一生の事業は人それぞれに異なります。多い少ないで論じられる性格のものではありません。人がこの世において務むべき職責を、君のため国のためなどと、とんでもないところにもったいをつけるのは、単に口実にすぎないといっても過言だとは思いません。

先生自らのための部分を算盤《そろばん》をとって差引勘定してみて下さい。おそらく真実正味の残るところはなくなるかもしれません。その上で虚心担懐に考え、公に奉ずべき理を自覚するに至れば、君のため国のため人のためなどとシャレはいえなくなるはずです」

これを聞いた清河について、

「先生、唯々《いい》として後言《あとこと》なかりし。さすがは名士と聞こえたれば何をか悟るところやありけん。爾《じ》後、余を待つことすこぶる親切なりし」

と、山岡が述べている。

この応酬はなかなか興味深い。現在、尊王攘夷というと、ドラマや小説で幕末の京都とか勤王の志士が登場することが多いせいか、「敵は幕府」と考えてしまう。が、これは間違っている。

当時の教養はすべて中国から来た儒教に始まる。すなわち、漢民族と中華の国土、文化を化外《けがい》の北方遊牧民などの侵略から守るという共通目標を、「王」の名を掲げることにより結集しようというのが尊王攘夷だ。実際の支配者は、諸侯であろうと軍閥であろうと、それは問わない。

ご三家のひとつ、水戸藩が尊王攘夷の旗を振り、幕臣がそれを唱えたからといっても、幕府への反逆や裏切りを意味することにはならない。開国は朝廷だけでなく幕府もしたくない。羽田沖まで迫ったペリー艦隊にとても勝てそうにないから、とりあえず一時しのぎの和親条約を結んでおこうというのが、幕府保守派の選択である。一方、幕府内や諸藩侯のうちでも、国際情勢に危機感を抱き、旧弊を打破して挙国一致体制を築こうという改革派、開明派といわれる人脈があり、孝明天皇もそれに期待をつないでいた。

次に山岡が答えている「召使が云々」という説明だが、これこそ「身分に応じて最善を尽くし分《ぶ》を越えることがあってはならぬ」という、幕府ご推薦の朱子学《しゆし》に説くところである。七歳から礼記《らいき》の素読《そどく》を始め、東条塾や安積艮斎《あさかこんさい》のもとで儒学に磨きをかけたという清河にとって、別に新鮮味のある話ではない。

要は、指導者の論理をめぐって内向することが多い清河に、山岡が小気味いい江戸前の痰呵《たんか》を切って見せたということなのだろう。

無礼人斬り事件

清河塾の隣にそば屋がある。そこの主人は、もと相撲取りの湊川といって、町奉行の目明しというより公儀のスパイに精出す男だった。虎尾の会の動静は、清河塾の縁の下にもぐりこんだ湊川の注進で、幕府につつぬけとなっていた。

万延元年の桜田門外の変前後は、テロ全盛の時代である。同年十二月にはアメリカ公使館の通訳ヒュースケンが三田で暗殺されるという事件が起きた。その犯人、薩摩藩士伊牟田《いむだ》尚平が清河の塾に逃げ込んだという情報もある。幕府はこのまま虎尾の会の存在を見過ごすわけにゆかなかった。

粛正のきっかけは、文久元年五月二十日に起きた清河の無礼人斬り事件である。清河ら七人が、かねて約束のあった水戸の有志との会談を、両国万八楼で行なった。その帰途、日本橋甚左衛門町にさしかかったとき、酒に酔ったていの町人の男が、清河に体当りしたうえ難くせをつけ、からんできた。

清河は自重して、これをやりすごそうとしたが、かさにかかった男はなかなか離れない。清河はついに一刀を浴びせかけた。三原正家のわざもので清河の剣にかかってはたまらない。男の首は、二間ほど飛んで瀬戸物屋の軒先にころがった。

その瞬間、ものかげに潜んでいた捕吏が一斉に立ち上がった。計られたと気づいた一同は、すでに暗くなりかかった街角を散りぢりに逃げた。たまたまそこを通行していた武士が、一味と間違えられて捕吏にとり囲まれ、わけもわからず気丈に抵抗したおかげで、清河らの一行は誰もつかまらなかった。

周造は帰省中で、この事件と一切関係がない。清河塾に寄食しているものの、妻子は神崎に残してきている。地方では、奥医師・石坂宗哲の養子を名乗っていれば、診察を求めてくる患者に不自由はしない。また、貧しい患者からは薬礼をとらないというやり方だったので人気があり、かなり遠方から招かれることもあった。

その日、猛暑をおして佐原まで出張したのも、招きに応じて当座の生活費を確保しておくためだった。昼日中歩きまわった周造は、夕方常宿の木屋にたどり着いた。

「許せ」

「おいでなさいまし」

「いやあ、ひどい汗とほこりだ。まず風呂にしてもらおうか」

「先生、あいにく風呂が故障しておりますので、裏の銭湯をご案内しますが、いかがなものでしょうか」

「銭湯、おお結構だとも。すぐに参ろう」

脇差だけをさげて銭湯に着くと、なかはかなりこんでいた。からだを洗い、湯船に片足をかけた。と、その瞬間、

「ご用！」

の叫びとともに、はだかの数名が突進してきて周造の腕をねじ上げた。同時に入口から朱総《あかふさ》十手の捕手《とりて》二十人ほどが殺到した。周造は抵抗するすべもない。なすがまま縄をかけられ、引き立てられた。江戸からの指示を待つ間、佐原藩の手で成田の本陣の座敷に五日ほど留め置かれた。厳重ながら丁重な扱いぶりであった。

そこから江戸送りとなる。その道中の物ものしさは、まさに秩序破壊を企てる者への見せしめ、デモンストレーションであった。首枷《かせ》に手錠姿のまま鶤鶏《とうまる》かごに押し込められる。竹で編んだ鳥かごのようなものだ。前後には鉄砲切火縄の警護が七十人近くもついた。

周造は斬奸書事件の頃と違って、ひとかどの大物になったような面映ゆい気分になった。事実、未熟の一匹狼の頃とは違い、清河をはじめ同志との討議を通じて攘夷論にも筋金が入り、行動に自信と責任を併せ持つようになっていた。

滝の口評定所《ひょうじょうしょ》にかごが着くまで五日ほどかかった。周造は威厳を持って立ち上がろうとしたが、足が萎え、腰が砕けて歩くどころではない。肩を貸した牢役人がそっと耳もとでささやいた。

「なあに、三日でたいがい腰が立たなくなるものだ。お前さんだけじゃないから安心しな。白井権八が鶤鶏かごを破って逃げたなんざあ、ありゃあ芝居の作りごとさね」

評定所では御用番の老中、奉行それに目付が立会いで取調を行なう。係は北奉行浅野備前守であった。

「その方、清河八郎の指南所と申すところにしばしば出入り致し、夷人焼討ちを同志と謀議いたしたること既に分明である。その際の委細を、ありていに申し上げよ」

周造は人定尋問以外、一切を黙秘で通した。

評定所でもそう簡単に自白するとは思っていない。幕府としての急務は、外国人襲撃事件続発を断ち切ることである。吉田松陰や橋本左内などを逮捕・処刑した大弾圧政策をとった井伊大老が、桜田門外で水戸浪士らに襲われ、首を取られた生々しい記憶の残っている時期である。過激派は、生かさず殺さず牢に幽閉しておくことが、この際の最善の手段であるといえる。

旗本である山岡と松岡昌一郎（万《つもる》）は逮捕されず、清河、安積、村上らは江戸から逐電《ちくでん》した。結局、周造同様事件に関係しなかった清河の妻お蓮を含めて現場にいた人数と同数の七人が入牢となった。文久元年の夏、六月のことである。

周造は小伝馬町揚屋《あがりや》入りを申し渡された。小伝馬町牢獄は元来は未決囚を入れるところで、なかは大牢、女牢、百姓牢、揚屋、揚座敷などに分かれており、それぞれ身分に応じたところに収容される。揚屋は御目見《おめみえ》以下の直参《じきさん》、陪臣《ばいしん》、僧侶、医師、山伏などが入り、揚座敷はその上の旗本以上の階級のために設けられた。

周造は揚屋をやや甘く見ていたようである。牢役人に下着から髪のなかまで徹底的に調べられ、格子のなかにほうりこまれた。過酷な牢の掟のなかでは「いのちのツル」とよばれる現金がものをいう。これがあれば牢内でのよりマシな地位が得られる。無一文の周造には、当然ながら新入りとしての苦役と、畳一枚に十数人という横にもなれないような窮屈な末席が与えられた。

最初に割り振られるのが詰《つめ》の番（便所係）である。詰の番は深夜であっても二時間交替で張り番をつとめ、暗闇のなかで用便を申し出た囚人を誘導し、かつ便器に粗相をしないよう確認する義務があった。これを怠ると、当然のこととして背中や尻をキメ板と称する桐の板でたたかれる私刑があった。ほかにも、牢名主の足や肩をもむ仕事もあった。あんまは職業にしていたくらいだからまだしも、詰の番の屈辱には耐えかねた。

清河の信頼が厚く、豊富な社会的経験と実用的な技術を身につけており、かつ、文才に富んでいる周造は、虎尾の会のなかでもひとつ抜きでた存在であった。牢内ではまったく異なる社会が存在した。外界とのつながりはわずかな「ツル」のみで、これで牢役人、牢医師などを買収し露命をつなぐことができた。また、狭い牢に大勢つめこむため、環境、衛生状況は極端に悪く、詰の番の役割もわずかでもそれを緩和しようとすることにあった。

周造が死んだほうがましだと思ったのは、かつて受けたことのない屈辱と、息すらできないような環境の悪さだった。

そこで断食を七日間続けた。それでなくとも初入牢者は病人と、詰から発生する悪臭で牢疫病《ろうえき》にかかりやすく、食が進まなくなるのが普通だ。もうろうとした周造の頭に、切腹に失敗した京都の山中のことがありありと浮かんできた。

その時の傷跡は今でも腹に残る。大義を唱えながら見境もなく刃を腹にあてた短慮、死に切れずに助け出された時の恐怖と屈辱。心の古傷は周造に生への執着をよみがえらせた。

「越王勾践《えつおうこうせん》は、呉王夫差《ごふさ》の漏便すらなめて、ついに会稽《かいけい》の恥をそそいだ。これくらいのことが、やりとげられないようで、どうして国家にご奉公できるものか。国にご奉公をしようというとき、人にくだることができないようでは、それこそ匹夫の勇というもの。いまの自分はまさに匹夫にすぎないではないか」

ちなみに同年の牢死者は千二百七十三人もあったという。

この間、山岡や清河はどうしていたのであろうか。

山岡は松岡とともに幕府の厳しい追及をうけ、夷人焼討ち謀議の有無について、拘束中の同志と対決させるという脅しを受けていた。両人は二度にわたって、

「一同の尊王攘夷の真情から出ていることであるが、そのような計画が実行されるようなことがあれば、幕臣として当然自重をうながし説得したはずだ。また、当局にそのような申し立てをしなかったのは、そういった事実がなかったからにほかならない」

という趣旨の、いかにも苦しい弁明をしたためた上申書を提出している。

地下潜行中の清河は、商人に変装して攘夷決行のための準備に専念した。清河の考えは、気に入らない一、二の要人をテロで殺してみてもはじまらない。ひそかに封事《ふうじ》を天子に奉って幕府の逆謀を奏上し、積年の微意を天聴に達してのち、九州の同志を説いて共に大義を天下に唱え、相呼応すれば回天の偉業を達成することができるだろう、というものだった。

清河は水戸、仙台、伊勢、奈良を経て京都に潜入、中山大納言家の諸大夫であった田中河内之

介に会うことができた。そこである程度の見通しが立ったため、こんどは九州に向かった。肥後の松村大成父子の所で平野国臣《くにおみ》に会い、久留米の真木和泉《まきいずみ》、豊後の小河弥右衛門などもたずね、決起をうながした。手ごたえは十分であった。

ことに神官出身の真木和泉は、京都と江戸の「お手切れ」を進め、攘夷には天皇親征をもって当たるという過激な主張を展開した。幕府の存在感が大きい関東、東北に足場を置く清河から見ると、明らかに空想論である。しかし西下するにしたがって、非常識が常識に変わるような熱気につつまれ、遅疑逡巡《ちぎしゅんじゅん》する理由は何もないように思えてきた。

清河の活動と時期を接して、薩摩の島津久光《ひさみつ》が兵を率いて上京する動きがあった。清河らはそれを機に志士を京都に結集、一挙に旗揚げするという計画を立てた。しかし久光の狙いは、あくまでも朝廷と幕府の間を周旋して公武合体《こうぶがったい》の実をあげ、大名としての発言力を高めようとするところにある。したがって、主従の秩序から離れた志士の暴走を許すことはできなかった。

文久二年四月、京都に集まった薩摩の急進派・有馬新七などを、久光の放った刺客が襲って一網打尽に粛正した。これがいわゆる寺田屋騒動である。清河らの計画はもろくも挫折し、組織を持たない志士の限界を示すことになった。

浪士組

浪士上洛

井伊直弼の弾圧政策時代に、開明派として処罰を受けていた一橋慶喜と松平慶永《よしなが》（春嶽《しゅんがく》）は、文久二年、久光と共に東下した勅使の意向に沿って、幕府の首脳部となった。しかし、慶喜らは開国の既成事実をくつがえしたり、朝廷の攘夷決行の要求を鵜呑みにするようなアナクロニズムとは一線を画し、公武合体で国内世論を統一したいと考えていた。

一方、寺田屋騒動で出鼻をくじかれた清河は関東へ戻り、新しくかわった幕府の執行部に対する政治活動を開始した。おたずね者の清河は、ひそかに「同志の大赦を請う上書」や「急務三策」などを山岡鉄太郎を通じて春嶽に提出、政治犯釈放を働きかけた。またその頃、朝廷からも幕府に対して尊攘浪士釈放の通達があった。

周造らは九月中旬に仮釈放された。しかし、事件で入牢した七人のうち、清河の妻お蓮は運動の甲斐もなく、わずかひと月前の八月八日に獄死し、他の三人もついに再び日の目を見ることができなかった。

幕府のジレンマは尽きなかった。それでなくともにせ浪士の横行に手を焼いていたところへ、正統派尊攘浪士が加わることになり、ますます江戸の秩序維持がむつかしくなるからである。

しかし清河と山岡は、土佐藩主の山内容堂《やまのうちようどう》や春嶽を通じ、幕府にとって一石二鳥というアイデアを提供してあった。国事にたずさわって罪を得た人たちを解き放すと同時に、浪士を鎮静する一策として、そのなかから有能の士をとりたて、上洛する将軍の警護として京都へさしむければ、それだけ江戸の人心を安んずるという、浪士徴募の案である。

無論、幕府内部には賛否両論があったが、十二月八日にこの献策が許可され、講武所剣道師範の松平主税助《ちからのすけ》忠敏が浪士取扱に任命された。しかも、春嶽から主税助に「諸国の有志と広い交際のある清河を客分に招いて相談に与らせるがよい」という口添えまであった。清河は、改めて町奉行所に出頭し、無礼人斬りを届け出ることにより即刻無罪となった。

山岡家に虎尾の会のメンバーが集まり、清河をキャップに作戦会議が開かれた。旗本の山岡、松岡のほか石坂周造、池田徳太郎それに清河の実弟斎藤熊三郎など、無礼人斬り事件以来一年半ぶりの再会である。清河は九州へ行ったことも、京都で起きたことも、その間に同志や妻お蓮を失ったことも一切口にせず、いきなり切りだした。

「攘夷の先陣を西の連中にまかせておけなくなった。水戸はまとまらない。そこへわれわれの手勢を集めるまたとない機会がきた。だが残された時間はあまりない。石坂さんと池田さんは出牢後早々で恐縮だが、関東で顔が広い。生きのいい手合をできるだけ大勢集めてきてほしいのだ」

五十人ほどというのが幕府の目論見であったが、周造らは関東一円に檄を飛ばし、二、三百人も集めてしまった。このなかに後の新選組、近藤勇《いさみ》、芹沢鴨《かも》、土方歳三《ひじかたとしぞう》などが入っている。

松平主税助に与えられた予算は二千五百両、ひとり当たり五両や十両では何もすることができない。主税助は清河の采配で勝手に進められていくこの任務にいやけがさし、さっさと辞任してしまった。そのあとに鵜殿鳩翁《うどのきゅうおう》が着任した。

鵜殿は二千石の旗本で名は甚左衛門長鋭《ながとし》。ペリー来航の際は目付で、林大学頭《かみ》、井戸町奉行と共に交渉委員のひとりとして難しい折衝に当たらされた。折衝といっても、「ぶらかしの策」でのらりくらりと回答を引き延ばす仕事だが、相手方の立場や意図を幕閣に理解させることの方に苦労が多かったに違いない。いやなことに耳を貸したがらない上司にてこずることは、サラリーマン経験者ならよくわかる。開明派の役人として井伊大老からにらまれ、駿府奉行に左遷、なおひるまずに意見書を提出したため、その後は罷免、隠居の処分を受けていた。

清河の浪士組編成作業は、そんなことにはおかまいなくマイペースで進められた。鵜殿をトップに据え、浪士取締として山岡、松岡の両旗本を配し、隊員は二十七名ずつ七つの隊に分けた。それぞれの隊には小頭《こがしら》三名がおり、周造は三番隊、村上は六番隊を受け持った。清河自身は全くこの組織のなかに入っていない。もっぱら黒幕で通す腹づもりであった。

文久三年二月八日、小石川伝通院山内学寮に勢ぞろいした一行の姿は、江戸っ子も目をみはる異様なものだった。服装は水戸天狗連だけが鹿皮紋付割羽織の揃いのユニホームで、その他は思いおもい。大小二本差しが一様のほかは、見なれぬ武器を持つ者、弁当持参もあれば瓢箪《ひょうたん》に焼酎一斗を入れて背負ってきた者もいる。

板橋宿からの中山道《なかせん》は、木曽を経て六十八駅、百三十五里ある。この行軍で、一行をひとつのまとまった部隊とすることが、至難の業であるということがわかった。江戸を出て幾日もたたない本庄宿で、最初の騒ぎが起こった。

宿舎割りは取締付池田徳太郎の仕事だが、それを手伝う隊員近藤勇とともに、どうしたわけか本庄宿で小頭・芹沢鴨の宿舎をとることを忘れてしまっていた。池田と近藤は、ひら謝りしたが芹沢はきかない。

「いや、ご心配には及ばん。宿なしの野宿は戦場の常、やや手荒いかもしれんが拙者の方法で野宿をいたすゆえ、まあご見物あれ」

といって、手当たりしだい、わら、材木を集めさせて宿場のまんなかに山と積み、火をつけた。

宿場は昼のように明るくなり、炎は天を焦がした。火の子が舞い、一行は寝るどころではない。手桶を持って屋根に上がり、火事をふせいだ。芹沢は水戸の脱藩者で、粗暴でわがままな性格がわざわいし、新選組に入ってわずか半年後、就寝中に同志の手で刺殺・粛正されてしまう。

近藤、土方はいずれも百姓家の三男で、江戸から甲州街道へ向かう途次、調布、日野方面ではやった剣法、天然理心流道場に集まる仲間だ。彼らは浪士徴募に「時至れり」とばかり団体で参加し、山南《やまなみ》敬助など大部分が六番隊の村上俊五郎の下に配属された。また周造の三番隊には、近藤の一味井上源三郎、芹沢の子分新見《にいみ》錦などが所属した。

尊王攘夷を説き、本格的な同志を養成しようと思った村上と、ようやくめぐってきた仕官のチャンスに武功を立てて、羽振りいい身分になりたかった近藤や土方らの思惑とでは合うはずがなく、特に六番隊ではささいなことから紛争や喧嘩が絶えなかった。

五番隊の小頭は、甲州侠客「甲斐の祐天」といわれた山本仙之助で、大勢の子分や賭場の用心棒まで引き連れていた。一行のなかで何かの際に頼りにされたのは、この山本と周造である。山本は四十二という年輩と、場数を経た度胸で堂々とした采配ぶりを見せた。また、十歳若い周造も牢の名残の坊主頭が伸びきらず、辛酸に耐えた風貌は、年以上の落着きと威信を感じさせた。

瓦解寸前の危機があったのは、京へあと数日と迫ったときである。近藤がひそかに周造をたずねてきた。近藤は、六番隊平隊員から先番宿割を経て六番隊の小頭として戻ってきており、村上に協力する立場にあった。

「近藤の一味は血の気が多いのが揃ってることには違いありませんが、これらをまとめるためには、力づくでも抑え込める侍大将が必要です。にわかごしらえの旅立ちで、そんなことにいちいち不満をいう筋合いはねえわけですが、京まで持てねえようじゃあ困る。妙案はないでしょうか」

細く低い声だが両頬にえくぼを浮かべ、にこにこした落ち着いた物腰である。剣術については、下星眼《せいがん》の構えを得意としていたそうだが、近藤が天然理心流師範であるのに対し、水戸勢は芹沢が神道無念流師範役で、これもそうそうたる使い手を手下に揃えていた。

周造は笑いながら近藤の肩をたたいた。

「私に皆さんのような力はないが、仰せのとおりだ。京まであと一息、私なりの知恵を出してみましょう」

周造は、この近藤が自然に頭角を現し、一行の中心的人物となることを素早く見抜いていた。

それからほどなく、山岡はとかく無責任の言動が多い芹沢を呼び出した。

「どの番隊であろうが統率に乱れを生ずるのは、この鉄太郎に力なきが故である。そなたがこれを証明されたい。私には即刻職を辞す覚悟がある」

山岡の目から放たれた鋭い光が芹沢を射た。剣士である芹沢は、それだけで心技ともに及ばぬ相手であることを瞬時に悟った。また一方周造は、村上に対して土方や山南に詫びを入れるよう斡旋し、融和をはかった。

こうしてひとりの落後者もなく、目的地壬生《みぶ》へ着くことができたのは、江戸を立って十六日目、二月二十三日のことである。

清河はまず、浪士一同を本部の新徳寺《しんとくじ》に集めて威丈高《いたけだか》に宣言した。

「一同つつがなく上洛できたこと、まずは大慶至極である。ここで一同の任務を確認しておきたい。今般、将軍がご上京なされたのは、皇命を尊載し夷賊を打ち払わんとする大義を勇断あそばされたことによる。よいか、そこで、才力をそなえた尽忠報国の志あるものを、広く天下にお募りになり、われわれをお召しになった。かねてから尊攘の道を主張し身命を投げうってきたものは少なくない。しかしここではっきり征夷大将軍のご職掌となったのだ。だが……」

と、ことばを切って清河は一同を見わたした。

「われわれは、幕府の録を受けてきたわけではない。赤心報国の筋を立てたい一心があってのことだ。万一、従来のように因循姑息《いんじゅんこそく》な妨げにあって、皇威を損なう事態に立ち至ったら、勤王に身命を賭して京へ上った一統の立場はなきに等しいものとなるのだ。これから直ちに皇命を受けるため、国事参政の詰めている学習院へ上書を奉る。これに邪魔だてするものがあれば、誰であろうと容赦なく切り捨てる覚悟である。よいか、これに異存はあるまいな」

清河の話に直ちに共鳴した者はほとんどいない。筋は通っているようだがどことなく江戸とは風向きが異なる。上方は不案内である。着いたばかりのところへ、いきなり皇威だとか報国だとかを持ち出し「これが京のしきたりだ」といわんばかりの清河の剣幕に、一同はあっけにとられ、反論ができなかった。清河は、以上の趣旨を上書にしたため、六人を使いに選んで学習院へ届けさせた。

「お取り上げがなければ、生きて帰るな」

と、釘をさしてある。京都では天誅というテロリズムが横行する昨今のことである。「ここで腹を切る」とか「刀にかけても」とでもいわせれば、事なかれ主義の公卿《くげ》たちが折れるに違いない、と清河はふんでいた。

果たして、幕府へ下されたと同様の攘夷の勅諚《ちょくじょう》を、後日手に入れたという。これが史実かどうかは不明であるが、勅諚を強要するような手合いに京都で居すわられては困る。幕府の工作もあってか関白から次の命令が浪士組に対して出された。

「この度横浜港へイギリス軍艦渡来、昨戌年《いぬ》、島津三郎儀江戸表出立の節、生麦《なまむぎ》においてイギリス人両人討ち果たし候儀につき、三ヵ条の儀申立て、いずれも聞届け難き筋につき、その旨応接に及び候間、速やかに戦争に相成るべきことに候。よって、その方引き連れ候浪士共、早々帰府いたし、江戸表に於て差図《さしず》を受け、尽忠粉骨相勤め候ようにいたさるべく候」

生麦事件による混乱を口実に、清河らを京都から態《てい》よく追放しようということだ。

清河にとっても、京都にいる必要はなくなっていた。攘夷の勅諚を得たからには、もはや幕府に追われる気遣いもなく、攘夷実行工作をすることに何の遠慮も必要ない。幕府をうまく利用して、実行せざるをえないような事態に追い込めばそれでよいのだ。

薩長の同志と連携するタイミングはすでに失なわれている。また、当時河内にいた同志の安積五郎と連絡をとって、畿内でなにがしかの工作をしようと考えたが、安積は清河の幕府を利用するという考えが独断に基づく空想論だと賛成せず、同調しなかった。

一方、近藤、土方、芹沢らは、

「われらは幕府の召に応じて集まったものである。たとえ関白からの命であったにせよ、将軍家よりのご沙汰がなければ、京を一歩でも離れる事はできない」

といって、清河と鋭く対立した。彼ら十三人が後に「松平肥後守御預」となり、幕末の京都を震撼《しんかん》させた「新選組」を組織する。

攘夷決行計画

浪士組は一部が佐幕派浪人として京都に残ったが、新たに幕臣も加わり、再び東山道経由で江戸に向かった。生麦事件で緊張の高まるなか、海路を避けて東海道を京に向かった将軍家茂とは、行き違いの旅となった。

三月二十八日江戸に着いた一行は、周造ら二十五人ほどが馬喰《ばくろう》町の数軒の旅籠《はたご》に分宿し、そのほかは、応募に遅参した百六十人前後がたむろする本所三笠町の小笠原加賀守と西尾主水《もんど》の空屋《あき》敷に入った。清河は鉄舟の家に寄宿して幕府の動向をうかがいながら、作戦本部とした馬喰町の大松屋に出向き、謀議をこらした。

清河は京都にいる時、急進派公卿から攘夷実行期日を四月中旬とするという朝議決定があったと聞いている。しかし家茂は京都に引き止められたまま帰らず、幕府の方針も攘夷の期日はできるだけ引き延ばし「外国から攻撃されたら打ち払う」といった趣旨にすりかえたいということのようだ。

清河にとって、事態打開の時間も資金も力も不足している。どうすれば浪士組を攘夷実行の起爆力とすることができるのか、あせりと悩みは深まるばかりであった。

周造は、村上俊五郎、和田利一郎等の同志と謀り、資金調達のため蔵前の札差《ふださし》などに押し入り、献金を強要することにした。しかしその方法は寄付者が進んで献納するという、一見合法的であるかのような形式がとられている。それは、一部を現金または現物で受け取り、残りは後日必要に応じて幕府へ上納させるという方法で、あらかじめ寄付願の書付を用意しておいた。

一、恐れながら書付け願い奉り候

一金何万両也

何町　何屋　誰

右の者申し上げ奉り候。私儀見るかげもなき下賤の者に御座候えども、東照宮神君様より御代々数百年の間、御治世太平のご恩沢、このうえ千秋万歳、ひとえに有難き仕合わせに存じ奉り候。しかるところ、今般非常のおりから、尽忠報国とは申しながら、おのおのさまがたご精忠のほど感服仕り候。ついては何の御用にも相足り申さず候えども、御国恩として、たといお道具を持ち候いてなりとも、ともに列に加わりたく存じ候。さりながら多病の私残念の至り、右の儀もかなわず候につき、少品の儀にて御用向きお足り合いに相成り申さずと存じながら、前顕の始末ご賢察あそばされ、非常のお手当ての御用にお組み入れなしくだされ候わば、賤夫の愚慮相立ち、ひとえに有難き仕合わせに存じ奉り候。なにとぞ出格の慈悲をもってお取り次ぎのほど願い上げ奉り候。

右お聞きずみなし下され候わば、何時にてもご沙汰次第献納奉るべく候。

以上

月　日

五人組　何　誰　印

鵜殿　鳩翁様　高橋伊勢守様

中条金之助様　石坂　周造様

村上俊五郎様　和田理一郎様

松沢　良作様　藤本　昇様

御組

書付の宛先は、鵜殿に続けて高橋伊勢守とある。鵜殿はこの時点では浪士奉行に棚上げされ、浪士取扱には高橋精一（泥舟《でいしゅう》）が任命されていた。高橋は当時槍の第一人者として名高く、幕府の講武所師範役を務めていたが、その誠実・高邁《まい》な人格は浪士間でも畏敬《いけい》の念で迎えられていた。

その高橋に続けて周造らの六人が名を連ね、最後に「御組」と記されている。「浪士組」というのは正式名称ではない。しかし、鵜殿、高橋を責任者とする三百余人の浪士の団体が、幕府公認の組織であることはまぎれもない。

そこで鵜殿、高橋がこの書付を知っていたかということになるが、その点はどうも怪しい。周造の才覚によるということになるのだろう。

こうしてわずか二、三日で数万両を集めた。周造が合法性を装ったのか、なかば合法的な行為であると信じていたのか不明である。自らを暗示にかけ、相手の錯覚を利用して同調者に仕立て上げるのは、革命家の常套手段というべきであろう。

周造らが軍用金徴発に走ったのは、文久三年四月初めの頃と思われる。次の記録はその直後に採られた対策である。

「平右衛門倅訴え出たれども、町奉行井上信濃守、浅野備前守逮捕いたしかね、評議のうえ浪士取り押さえ掛合に及びたれども、彼の方にても引き受けず、右につき市中取締の儀、町奉行所手切りにては防ぎ難き由にて、内願によって翌四日、五家へ市中取締を仰せつけたり」

五家というのは、佐竹京太夫、酒井右京太夫、大久保加賀守、相馬大膳亮、松平右京亮の五藩侯で、異例の動員令であった。町奉行所はこの幕府の指令を受けて、諸侯に相談書という書付をまわした。

「着服は裁着袴《たつつけ》にてしかるべく、足軽は股引《ももひき》にてもしかるべきか。ご銘々最寄り持ち場をお分け、見回りなされ候方か。仰せ合わせ次第のこと。御人数は二十五人を一隊とお定め、幾組にてもお差しだし、刻限取り決めこれなくお回りなされ候方か、得物は刀、槍、棒、勝手次第、鉄砲には及び申すまじきこと。町奉行両組の者、ご案内かたがた、お人数へ付き添え差しだし申すべく、組合せ等はお打ち合せ申すべく候。市中とは御座候えども、お曲輪《くるわ》をもおまわりなされ候ことに御座候」

遠慮が先に立って、なんともしまらない言いまわしとなっている。現に佐竹侯は不承知にござるとばかりさっさとおりてしまい、代わりに白川侯がこれに当たった。

また、幕府の浪士に対する弱腰は、そのまま大名にも伝染していた。浪士の一団と、武州岩槻藩守で六万石の大岡兵庫守の行列が、下谷の池の端《はた》で出会った際、通行を避けたのは大名の方で、波よけ石に爪先立ちして浪士の通過を待ったという話がある。譜代大名であっても、旗本が加わる軍隊で、しかも朝意を奉じていると称する浪士組には、かかわり合いたくなかったのだろう。

押し借り、ゆすり、無銭飲食、金品持ち去りなど目にあまる光景が、毎日のように繰り返された。「銭がほしいならば三笠町組屋敷へとりに参れ」などと、抜刀しておどす乱暴さである。本所三笠町には旗本小笠原加賀守の空屋敷があり、浪士組の本拠に当てられていた。

手を焼いた幕府は、浪士組に善処の申し入れをした。

「近ごろ市中において、浪士体のもの商家に立ち入り、無銭飲食をなすおもむき、毎日訴えこれあり、右は尽忠の勇士において、決してこれあるまじき筋とは存ぜられ候えども、なお厳重に取締り候ようういたしたく候」

浪士組では、秘かに五日間外出を控えてみることにした。

五日たって山岡が町奉行所で様子を尋ねてみると、以前にもまして乱行は増しているとのこと、はなはだしきは、両国広小路で興業中の見せ物小屋に押し掛けて、象の鼻を切らせろと難題を吹きかけ、金をゆすって吉原へ繰り込むという者さえ現れたという。

浪士組でその対策を練っている時、神戸《かんべ》六郎と岡田周蔵（別名、朽葉《くちば》新吉）と名乗る浪人が十八人の手下を連れて、周造の所へ浪士組参加を志願してきた。この両名は浪士徴募の際、身持ちにとかくの問題ありということで、不合格になったいきさつがある。どうもくさいと感じ取った周造は、全員を逮捕して取り調べた。その結果、手下の白状で、勘定奉行小栗上野介《おぐりこうずけのすけ》の指図によって江戸を荒しまわっている一団であるということが暴露された。

周造は、神戸、岡田の両名から口書血判を取り、清河を通じて幕府に厳重な抗議を行なった。

幕府はこの事件を闇に葬る必要を感じ、両名の引渡しを浪士組に要求することにした。これを事前に清河が察知して周造らに連絡したため、周造と村上は両人を切腹させ、その首をはねて両国橋西詰の広場にさらした。

一方、清河は四月十日に山岡、斉藤熊三郎、西恭助を伴って、横浜焼討ちの下見にでかけた。その途次、一行は浪士組の役員窪田治右衛門の息子、千太郎の家をたずねた。千太郎は横浜奉行所の組頭をしており、外国人の応接にあたる役目にあることから、何らかの情報がとれるとの算段であった。

招じ入れられた部屋には西洋の家具や調度品が置かれ、舶来の器物・色彩にあふれていた。そこへ西洋菓子が出された。その時の模様というのが『史談速記録』にある。

「攘夷に熱心の鉄太郎ら、いかでか彼れ夷狄《いてき》の器物、食物を賞せんや。これを見るなおけがらわし、憤然取ってこれを砕きたりという。翌十一日、鉄太郎ら帰り、横浜の討伐ははなはだ容易、かつ急務なることを語り、衆議の結果、四月十五日を期して断行するに決せり」

極秘の敵情視察に、横浜守護の任にある官吏の家をたずねるだけでなく、当たり散らしてくることなどあるだろうか。この話は現場にいない人の、しかも何十年も前のまた聞きをもとにしている。また、横浜の討伐の日取り決定についても、いまひとつ合点がいかぬところがある。

その前年、松下村塾出身で攘夷の急先鋒にあった高杉晋作が、幕府船千歳丸に便乗して上海を見てきた結果、外人の殺傷、排斥などの「小攘夷」で立ち向かう愚をさとり、富国強兵で覇権を争う「大攘夷」でなければならないと決意、その方向で活躍を始めている。器物破損では「小攘夷」の域にも達しない小児病的愚行といわざるを得ない。

時流に敏感な清河が、大事を前にしてこのような軽率な行動を肯《がえん》じていたのだろうか。また、剣と禅で兵法の鍛錬をしている山岡が、情の赴くままそのような挙に出たというのも不自然だ。

しかし、横浜焼討ち計画の存在そのものは否定しがたく、浪士取扱の高橋もそれに気づいていた。そして、もし浪士がその挙にでるようなことがあれば、腹を切る覚悟であったという。

粛正の嵐

それから決行日とされている日までのわずか四日間のうちに、相次いで大事件が起きる。まず、四月十三日夕刻、赤羽根橋付近を通行中の清河が、何者かに襲われ暗殺される。幕府の公式記録に述べるところによると、

「……右、殺害いたされ候浪士（清河八郎）、党を結び、総州佐倉、武州忍《おし》領を乗っ取り、それより横浜へ伐ち入り、直ちに上京、勅命をこうむり、関東へ攻略候との趣巧にて、連判帳をこしらえ懐中仕りおり候由、右連判帳に、浪士取扱役高橋伊勢守殿、同取締役山岡鉄太郎殿、松岡万殿、窪田治部右衛門殿、その他二十八の姓名を書き載せおき候ところ、殺害の節、右連判帳を取り上げ、直ちにお目付へ訴訟仕り候者これあり……」

暗殺の指令は老中格小笠原長行から出されたというが、同時に浪士組の徹底的な弾圧も実行に移される。翌々日、周造ら清河に近い浪士組幹部が一斉に検挙された。それに呼応するかのように鵜殿が更迭され、高橋、山岡らが謹慎処分となる。

周造らの嫌疑は横浜焼討ち計画でも商家押し入りでもなく、

「神戸、朽葉両名を殺害いたし、その上お定書によらず両国米沢町に梟首《きょうしゅ》せる段、上を恐れぬ不届至極」

というものであった。

取締の五藩には、

「狼藉者見かけ次第容赦なく召し取り、時宜により討ち果たし候も苦しからず」

としておきながら、ここでは犯罪扱いにしてしまった。

江戸市民を脅かしていたにせ浪士を、幕府自身が操っていたということが明るみにでるだけでもまずい。清河はその動かぬ証拠をたねに、幕府にゆさぶりをかけてくる。

幕閣の陰謀失敗をつくろうためには、清河を消すしかない。暗殺してみたら、横浜襲撃の連判状が手に入った。そこで決行予定日当日、機先を制して清河派を一挙に粛正した……という筋書きは成り立つ。しかし、周造や清河の言動から見て、果たして十五日に断行する不退転の決意があったのだろうか。この疑問については後に触れることにしたい。

この日、幕府は例の五藩に動員をかけ、こんどは野戦砲兵に鉄砲まで準備して、二千人を高橋と山岡の屋敷に近い小石川の伝通院へ、それを越す軍勢を馬喰町と三笠町に向かわせた。江戸っ子は、道路いっぱいの物ものしい武装軍団を見て、いったい何が起きるのかと、屋根にあがったり、茶菓やたばこ盆を物干し台に運んだりして見物したという。

馬喰町の井筒屋には、周造のほか和田、松沢ら三十人がいた。そこを取り巻いたのは高崎藩である。

意外な成りゆきに驚いた周造が、指揮者らしい男にたずねた。

「われわれは幕府に対して野心ある者でないのに、どういうわけか」

「理由は知らないが、お尋ねしたい儀があるから評定所まで同行してほしい」

上州なまりの指揮者はこう宣言すると、ふところから人名書きを引っ張りだした。周造はちらとそれに目をやって答えた。

「われわれは、勅命を奉じ攘夷のさきぶれとして東下したのだから、鵜殿鳩翁取締の捕手によるほかは、評定所にまかり出ることはできない」

しばらく押し問答をしていたが、そこへ松平上総介が馬で駆けつけ、周造の前に立った。尊大なその風貌は周造に見覚えのある顔だ。

「貴殿は以前われわれの頭であったが、今日はどういう職務で見えたのか」

「昨夜、鵜殿が免ぜられて拙者が浪士取扱になった」

「わかった。それならば同行いたそう」

大小を差し出すようにという要求には、断固応じなかった。しばらく行くと幕吏が駆けつけてきて、三笠町で村上俊五郎らがあばれて服従しないから説得してほしいという。

「それは心得違いをしている。承知した」

村上も周造の呼掛けに応じ、一行七人が評定所に出頭した。評定所では特段の吟味もなく、にせ浪士処分事件に関与した各人を堀長門守ほかへ預けおくという申し渡しがあった。逮捕されなかった浪士たちが庄内藩に任され、「新徴組」という江戸の治安維持を目的とした別の組織に再編されたのは、その後間もなくである。

一方、目の前の伝通院にあふれる軍勢を前にして、高橋、山岡両家では、万一屋敷に攻め込まれるようなことがあれば、武家のならい、一戦を交えて討死する以外にないと覚悟をきめた。高橋らは、家族たちに逃げ延びるよう申し渡したが、両夫人ともに武士の妻として行動を共にしたいといってきかず、自刃する支度さえ始めた。

山岡の妻・英子《ふさこ》は高橋の実妹であるが、ここで両家のことについて触れておく必要がある。高橋も山岡もともに婿養子で、高橋の実家は槍の名門山岡家、山岡の出身は六百石の旗本小野家である。以後、まぎれのないように山岡については「鉄舟」と記すが、彼の独身時代の槍の師は、高橋の長兄山岡静山であった。

鉄舟の熱心な修行ぶりは、注目の的であったが、静山は嗣子のないまま二十七歳で若死にする。高橋はかねてから鉄舟の人柄に傾倒しており、小野家四男の鉄舟に山岡の家名を継ぐよう懇請した。鉄舟もまたこれを快く受け、英子との縁組が成立した。

いままさに両家危急存亡の秋《とき》である。しかし高橋らが家から出る気配がなく、浪士組幹部の逮捕が難なく済んだためか、軍勢は間もなく引き上げた。幕府は浪士不行跡の責任を、幕臣として取締まる立場にある高橋、山岡、松岡らに取らせることにし、無期閉門を申しつけた。

この閉門は同年十二月に解かれる。その理由は、江戸城本丸が炎上した際、門外不出の禁令を犯し切腹を覚悟で城に駆けつけた高橋らの行動が「近来稀に見る誠忠の振舞い殊勝である」ということであった。

敗軍の将

浪士組は壊滅したが、もともと幕府に攘夷を決行する意思も力もなく、その急先鋒は長州と薩摩が担うことになった。文久三年七月に薩英戦争が勃発し、翌年八月には英、仏、米、蘭の四国連合艦隊から下関を砲撃されて、日本人は彼我の力の差を思い知らされることになる。そして翌慶応元年十月、条約勅許となって、攘夷は法的根拠を失ってしまう。

幕府は、二度にわたる長州征伐、薩長同盟の成立などの外的要因のほか、内部不統一も加わって弱体化を加速した。慶応二年、将軍家茂《いえもち》が死去したあとを一橋慶喜が相続する一方、公武合体に理解のあった孝明天皇の崩御により、かぞえ年わずか十五歳の明治天皇が玉座についた。

世情が混迷の度を増すなか、慶喜は三年十月に意表をついて大政奉還を願い出た。武力討幕勢力の出ばなをくじき、新政府内で将軍が相応の政治勢力を残すことをねらいとしたものだ。

しかし、岩倉具視《ともみ》などの反幕公卿をとりこんだ西郷隆盛や大久保利通《としみち》の宮廷工作が功を奏し、慶喜は新政への参加を拒まれた。まきかえしをあせる幕府は、ついに戦略不在のまま鳥羽・伏見で薩長勢との軍事衝突に巻き込まれ、五千対一万五千という圧倒的に優勢な戦力を生かせず敗退した。

これを見て幕府につくと思われていた藩まで続々と薩長勢に走り、インフレのもと生活苦におびえる民衆も、「旧弊御一洗」「民ハ王者ノ大宝」「百事一新」などの新政スローガンに限りない期待を寄せた。

慶応四年正月、戦に破れて江戸に逃げ帰った慶喜は、十三日に主戦派の閣老小栗上野介を罷免し、海軍奉行並・陸軍総裁に抜擢《ばってき》した勝海舟や、和戦派で人望のある武芸者、高橋伊勢守を慶喜の守護役として近づけるようになった。

周造はこの間、堀長門守預けから新発田《しばた》藩の溝口家、秋田藩佐竹家へと移された。そして、非現実的な攘夷論が過去のものとなり、幕府が崩壊をたどってゆく過程は、秋田藩内部で勤王派と佐幕派の葛藤が続いていたため、手にとるように知ることができた。また、活動から離れたところで、読書や思索に時間を費やすことができたことは、周造が単なる「幕府の厄介者」から脱皮して、激動する時代のリーダーとしての資質をそなえるのに役立った。

さて、ここでプロローグに戻る。江戸総攻撃が回避された日、再び釈放されることになった周造を乗せたかごは、湯島から広大な後楽園を左に見て小石川伝通院の裏に回り、鷹匠町《たかじょう》にある山岡鉄舟の屋敷に向かった。鉄舟邸は高橋伊勢守の屋敷と接していたが、屋敷とは名ばかりのあばら屋であったという。鉄舟の妻女、すなわち高橋の実妹英子が周造を玄関に出迎えた。

「お待ち申しておりました」

その声も終らぬうちに「おうおうおう……」となかから飛び出してきたのは、益満休之助《ますみつきゅうのすけ》である。送ってきた秋田藩に対するそれなりの手続きもあるのだが、それは英子にまかせたまま、周造の肩をかかえるようにサッサと客間へ引き入れてしまった。

「益満さんじゃないか！　どうしてここに？」

益満は薩摩藩士で、「虎尾の会」以来の同志であった。去年暮、幕府による薩摩屋敷焼討ちの際、薩摩藩江戸屋敷留守居南部弥八郎などとともに捕らえられていたが、突然釈放され勝安房守預けとなっていた。わずか十二日前のことである。

「ごもっとも。今ごろ西郷さんとピーヒャラドンドンと江戸を攻めにきとると思ったでしょう。ところが攻められる方の徳川方で、勝安房守や山岡さんにお世話になっとる。まああ、座ってお聞きなされ」

朝廷の慶喜追討令に対して、慶喜が迷いあぐねたすえ選択した「謝罪、恭順」の途を理解できる者は幕閣のなかでもごく少数で、海軍をはじめとする軍事力の優位を信じて疑わない下級武士には、想像もつかないことであった。まして、これを命乞い、保身と見る征東軍の疑いを解くことは、至難のわざであった。

慶喜は朝廷に恭順の真意を伝達すべく、上野の輪王寺宮や京都政府に意を通じることのできる徳川慶勝《よしかつ》などのルートを通じて手を尽くしたが、一向にはかどらず、高橋伊勢守を呼んでその苦表を明かした。高橋か勝海舟が使者に立つことも考えてはみた。しかし、行き先で人質にされる可能性があるほか、武断抗戦派が和平派実力者の留守をねらって、慶喜の周辺で何をしでかすか図り知れなかった。

「おそれながら上様のご使者つとめまするに、相かなうべき者ひとりおります」

「それは誰だ」

「山岡鉄太郎と申し、拙者の義弟にございます」

「その者をすぐに出立させるように」

「つきましては、お願い申し上げたき儀がございます。このたびのお役目、ただ一命を賭すことのみで、軽輩の果たし得べき容易なものではございませぬ。異例ではございますが、ここは上様じきじきにお目通りたまわり、お申しつけ下さりますよう」

鉄舟は直ちに呼び出され、慶喜からその真意を朝廷側に伝えるよう懇請された。手が届くほどのま近に慶喜の姿を見た鉄舟は、

「仰げば将軍面貌《めんぼう》疲瘦《ひそう》して、見るに忍びざるものあり、余が心中また一鎚《つい》を受くるの感あり」

と、慶喜の境遇の変化とその心境に大きなショックを受けた。しかし、鉄舟の任務はそれを伝えに行くことではない。挙国一致、四海一天、天業回古の好機を論ずることによってのみ、交渉の糸口が開ける。

勇を鼓《こ》し、心を鬼にして慶喜に問うた。

「恭順とは表面を繕《つくろ》う偽りのことでございましょう。なにか企みがあるものと愚考いたします。なにとぞそれをご教示たまわりますように」

と、鋭く迫った。

慶喜は、二心のないことと、朝敵の汚名をそそぐことができれば、惜しむ何物もないという心境を明かした。本多忠勝《ただかつ》など忠臣にめぐまれた家康の時代はともかく、幕府を連綿と支えた封建的身分秩序としきたりは完全に無視された。

後に、慶喜が鉄舟にさしつかわしたといわれる詩がある。

このころはあわれいかにと問うひとも
問わるるひとも涙なりけり

鉄舟は重大任務に疎漏のないよう、三月五日に勝海舟をたずねた。海舟とは初対面である。海舟はかねてからの評判から、攘夷をとなえる浪士と気脈を通じている鉄舟を、我が命をねらいかねない暴れん坊であるとしか思っていなかった。

「こわいおひとが、私を刺しにきたのかえ」

といって敬遠していた海舟だが、鉄舟と面会して、その気迫、才覚、胆力ともに並のものではないことを知った。剣の奥意を知り、禅の修行に励んだというふたりの共通点はある。しかし、短時間で意気投合し全幅の信頼をおく間柄となったのは、時代の流れに対する鋭敏な洞察力と革命の必然性を疑わぬ確固とした情熱を共有していたからである。

意見を求める鉄舟に対して、のらりくらりと応対していた海舟が逆に問いかけた。

「そんなら、お前さんなら西郷の前で、幕府の方針は、どうですというつもりだね」

鉄舟は声を高めて言った。

「もはや今日のわが国において、幕府の薩州のとそんな差別はない、挙国一致だ、四海一天だ、天業回古の好機は今だ、といいましょう」

海舟は後で、

「おれもそれまで頗《すこぶ》る疑惑の雲に覆われていた煩悩《ぼんのう》もパッと晴れて、此奴《こいつ》め中々ふざけたものでないわいと合点した」

といっている。

「天業回古」という発想は、清河が横浜焼討ちの際の旗印として考えていた「回天」と軌を一にする。しかしすでに大政は奉還されているので、単に統治権移譲をさしているのではない。とすると、やはり儒教的な解釈をすべきなのだろうか。つまり理想的な善政をほどこした伝説上の天帝の時代を再現させよう、政権も力ずくの奪取や近親相続でなく禅譲を旨とする、という意味になる。

こんなまわりくどいことが、戦陣に立つしかも初対面の相手にひと言で通じるものだろうか。もしそうなら、海舟に対する西郷の信頼が如何に高かったかということを物語る。

さらに、もうひとつ海舟が共鳴したという会話がある。

「お前さん、それはいいが川崎からあっちは官軍の錦切《きんぎ》れ様でいっぺえだわさ。どうやって営中まで行きなさる」

「臨機応変は胸のなかにあります」

海舟は、後日これを評して次のようにいっている。

「これが本当だよ。もしこれを他人にしたならば、チャンと前から計画するに違いない。そんなことでは網を張って鳥を得んと思うの類だ。決して相手はそうくるときまってはいないからなあ。ところが山岡なぞは作戦計画はなさずして作戦計画ができているのだから、抜け目があるとでも評しようよ。まあご覧よ。彼が西郷との談判具合いやら、敵軍中を往来する事、あたかも坦途広路を往くが如く、真に臨機応変のところ、ホトホト感心なるものだ」

そのあとに続けて海舟は、鉄舟の誠心誠意の然らしむところ、とも評している。このため、豪胆かつ一途な愚直ぶりに海舟が感心したようにとられているが、むしろ激動する時代のなかで固定観念に執着せず、柔軟、機敏に対応できる能力、つまり海舟と同じレベルで物を考え判断できる、新しい時代の人物を発見したことをいっている、と解したい。

海舟は鉄舟に西郷宛ての手紙を託すとともに、三日前に出獄して海舟の屋敷にいた益満に協力させることにした。鉄舟は益満をともなってその日の深更に出立、薩長軍であふれる東海道を強行突破し、駿府にいる征東軍総督府参謀西郷隆盛に面会して幕府の意を通ずることができた。

鉄舟の誠意と、鹿児島弁で関門を突破するなど益満の機知があって、文字どおり死地をくぐり抜けることに成功した。これはそのまま、幕府の立場についても同じことがいえた。これが、やがて海舟・西郷会談につながり、江戸総攻撃の中止を生み出す糸口となる。

清河暗殺の謎

益満の話の背景はざっとこんなところである。周造は鉄舟に協力できなかったことを悔やんだ。

「それからちゅうものは、ぼろ鉄先生にもお役がついて、今日はお城、明日は上野、勝先生のお供じゃあと、お忙しいお人になりもした。今日は祝い酒を支度しておけちゅうとられたから、もうお帰りでしょう」

「医生殿おいでだな」

門口から鉄舟のはじけるような声がしたのはそれから間もなくである。飛び込んできてそこに座った。医生というのは、潜行中に医者を生業としていたからだ。周造よりさらに大柄で鍛え上げられた四肢が、残った畳のすきまを覆った。

「いょー、待ち人きたるだ。話が山ほどある。まずは酒、酒だ」

周造が畳から下がって神妙な挨拶をしているところへ、英子の実妹桂子が用意した酒を運んできた。

「お桂さん……」

周造は思わず絶句した。

「石坂さんは、どんなことがあっても死なないって、約束してくださいね」

と、桂子に言われて山岡家を辞したのは、五年前に清河が暗殺された翌日のことだった。

清河も周造も、江戸で不安なく落ち着けるところといえば、旗本である鉄舟の家しかない。高橋家も含め、家族の一員のように出入りしていた。そこに起きた清河暗殺、一日おいて周造の逮捕、そして高橋と鉄舟の閉門処分である。清河の死に対する気持の整理も追憶も、ここでぷっつりと切れたまま話し合うこともできなかった。

その日（文久三年四月十三日）の早朝、山岡家に止宿していた清河は、ひそかに下駄を裏口にまわさせ、手拭を肩にして湯屋に行った。その帰りに高橋伊勢守方に寄ったが、高橋は清河の顔色のすぐれないのを見て、どうしたのかとたずねた。清河は、頭痛がして気分がわるいけれど、約束があるから出かけなければならん、という。高橋は思いとどまるようにといったが、登城の時刻がきたので、清河を残して出ていった。

そのあとしばらく、高橋の妻や桂子と雑談していたが、急に、

「武士が一旦約束して、これを破るわけにはまいらぬ」

といい、

「和歌を得たので、すまぬが白扇を何本かくだされますまいか」

と頼んだ。

しばし黙想した清河は筆をとった。

魁けてまたさきがけん死出の山
　迷ひはせまじすめらぎの道

砕けてもまた砕けても寄る波は
　岩角をしも打ち砕くらむ

続けて高橋夫人、鉄舟夫人、お桂さんへといって三本目の扇子にしたためた。

君はただ尽くしましませおみの道
　いもは外なく君を守らむ

これはどう見ても辞世の句である。桂子は女性に宛てられた句に、清河追捕《ついぶ》の際身代りで捕られ、小伝馬町の牢で獄死した清河の愛妾お蓮への限りない思慕を見た。

清河は鉄舟の家へ戻って衣服をあらため、麻布一ノ橋の上《かみ》ノ山藩邸に向かった。途中、馬喰町に寄り同志に会っている。ここでも不審を抱いた和田理一郎に懸命にひきとめられ、周造からは十分気をつけて行くよう念をおされている。清河を招待したのは、上ノ山藩松平家の家臣金子与三郎で、

「義挙に同意して連判することになったについては、詳しい話を聞きたいから、書類持参の上ひとりで来てほしい」

とのことであった。

上ノ山藩は清河の出身地と同じ羽前にあり、金子は山城守のお守役をつとめる文人である。清河とは安積艮斎《あさかこんさい》の塾でも同門で、書籍を交換し合うなど親しい間柄にあった。時局談議に花が咲き、すすめられるまま深酒をしたのも自然の成りゆきといえる。その帰路、赤羽根橋で待ち伏せをしていた一団によって暗殺されたのである。

清河は外出の際、通常四、五人の供を連れることが多かった。謀略でいつ身が危険にさらされるかもしれぬということは、当然予期していたはずである。それにしても千葉道場免許皆伝の腕を持つ彼が、何の抵抗もなく斬り伏せられたのは何故なのだろうか。この日の死は自ら予期したもの、形を変えた自殺ではなかったのかとさえ思える。

その前日、郷里にしたためた書状からもその一端がうかがわれる。

万一の際、著述もの書籍などは上ノ山藩の金子に、その他の身のまわりの品は高橋、山岡の両家に預けてあることを知らせた上、

「人間の運も限りあるものゆえ、古今未曾有《みぞう》の次第に相成り候うえは、さらに残るところこれなく候。いよいよ攘夷のことにて私ともまかり下り候えども、何分太平の余弊にて存分まいり申さず候えども、いずくまでも徹底いたし候よう苦心仕り候。在世のうちはとかく論定まらぬもの、蓋棺《がいかん》のうえは積年の赤心も天下に明瞭相成り申すべく候間、たとえ如何ようの噂これあるとも、決してご心配なさるまじく候」

清河は、京都を出発する頃には、幕府をうまく巻き込んで攘夷を実行しようと考えていた。横浜を襲撃すれば、外国から報復の総攻撃を受けるだろう、そうすれば幕府は応戦せざるを得なく

なり、天下の志士はいうに及ばず国論は攘夷で一致、夷狄を駆逐することができるだろう、という粗暴な発想があったかもしれない。

しかし、幕府の権威が京都や尊攘派の前にゆらいでいるとはいえ政権党である。浪士の挑発に軽々しく乗るはずはない。しかも清河が動員できる手勢は、幕府の関与する浪士組である。鉄舟らがいかに清河に共鳴しているとしても、旗本として将軍の意に反した行動に走るには制約が多すぎる。前に述べたように、周造などの行動も、すべて幕府のプレゼンスを前提にしていたことがはっきりしている。

清河は何に死を予感していたのだろうか。横浜下見の時に「襲撃は容易の業」としていることから、その際のことではない。その後京都で勅命を受け、甲府に退いて立てこもるという計画であるが、横浜襲撃の反響が読めないので、そこで様子を見ようという程度の話になっている。ここまでは清河が死を賭すような場面がない。ただ、浪士組が攘夷に慎重な幕府の一組織であるという大矛盾が、決行を前に生死にかかわる障害になる、とは考えただろう。

ともあれ、大事決行を前にした総指揮官が、その直前にやたら死を意識することは、どう見ても不自然である。清河はこの時期、秘かに討幕に思いを馳せたのかもしれない。しかし、それはだれも想像しない孤立無援の考えでしかない。清河の手紙にはそんな焦燥感、挫折感がにじみでている。

周造が清河の死を知ったのは日が暮れてからであった。馬喰町から四ッ手かごの大早というのを雇って現場にかけつけた。

清河の死体は菰《こも》をかぶされたままで、現場が有馬、松平両家の門前にあたるため、両家の足軽が警護していた。近寄ると、朝出るとき身につけていた檜編みの陣笠や羽織の紋で、清河に間違いない。

周造は警護の番人に問いかけた。

「そこに倒れているのは清河八郎という者だと聞いたが、相違ないか」

「何者かは知らぬが、浪士の巨魁だということだ」

「もしそうなら、拙者にとって倶《とも》に天をいただかない父の仇である。拙者が斬るべき者を何者が斬ったか」

周造は大刀を抜いてさらに迫り寄った。

「たとい屍になりとも一刀を報いて、恨みを晴らさなくてはならぬ。妨げだてをするものがあれば、共に斬るぞ」

番人たちはその気迫に恐れをなし、逃げ腰のまま遠まきにした。周造は首を切り取り、羽織を脱がせてそれを包むとともに、懐中をさぐった。周造のねらいは連判状の回収にあった。連判状は幕府が手に入れたことになっているが、すばやく書き写して死体に本物を戻しておくぐらいのことはやったかもしれない。手に触れた書付を抜き取るとやがて駆けつけた同志に首を託し、現場を退散した。首級は鉄舟の家に届けられ、後に改葬されるまでの間ひそかに庭の隅に埋められていた。

暗殺の指令が老中の板倉ないしは小笠原から出たとのことだが、実行したのは浪士組が京都から下向する時、出役として加わった幕臣・速見又四郎らの七人であったとされている。また親友の金子が暗殺計画を知っていて清河を裏切ったのか、それでなければどういう役割を果たしたのかなどについての諸説があるが、これについては謎に包まれたままである。

艶女の旅

「はっきりしていることは、清河さんを犬死させちゃあいかんということだ。世のなかはだんだん清河さんの偉さがわかってくるだろうさ。そうしたら立派な記念碑を建てて社《やしろ》に祭られるよ」

鉄舟はこういって話題をかえた。

「ところで医生さん、陸軍総裁勝安房守に礼をいってくれないか、勝さんに頼んだらその日のうちに医生さん、釈放の手配をしてくれた。これまでのお上にゃあ考えられない早さよ」

「しかし山岡さん。わたしは攘夷が抜けきれんせいか、どうもあのひとを食った西洋かぶれとは性があわんね。苦手というやつだな」

「勝さんはね、皇国当今の形勢昔時《せきじ》に異なり兄弟牆《けいていかき》にせめげども外其侮《あなど》りを防ぐの時、といっている。フランスが幕府につきイギリスは西につく、アメリカやロシアがとんびで油揚げをさらう、本当の攘夷はこれを避けることに命をかけようてえ人だ。勝さんは敵を知っている。それ以上におのれも知っている。西郷さんもそうだ。幕府にも征東軍にもそういう人がとんといない。日本が今にもひっくりかえろうかという時に、至情を尽くして仕事をしようという者がいない。

石坂は本当の勤王だ。こんなひとを牢にしまっておく法はない、西郷さんの手伝いをしてもらったらどうだろうと、安房にもいったのよ」

「いや山岡さん、勤王の士は錦旗のもとにあると否とを問わない。漢の蘇武《そぶ》は匈奴《きょうど》に捕られて、十八年のあいだ雪をなめ、昼夜漢王を拝していた。勤王はこうしても尽くせることで、錦旗のもとでなければならぬちゅうことあない。いま、徳川の家名が立つか立たないかの運命が慶喜公の一身にかかっている。貴公も徳川の家名が立つように命を投げ出している。旦那の身に万一のことでもあれば、共に殉じようという際だろう。それをわき目に、わたしが西郷を担ぎにのこのこ江戸を出ていける道理はないだろう」

「わかった。それもまた重畳《ちょうじょう》、いま勝さんはお上の立場もわきまえず、決戦だといって騒ぎ立ててる連中に手をやいておられる。益満さん、明日にでも医生さんを元氷川へご案内して、山岡に心強い加勢ができました、と紹介してもらおうか」

益満もなん杯目かの酒をほし、「わが意を得たり」といった笑顔を返した。

英子が、大皿に盛った竹の子の煮付と若菜のひたしを運んできて席に加わった。

「お江戸も無事だということで、今日は市場にもよい品がどっと出てきて、ほんとにようございました。これも、お桂がさっそく求めてきたものです」

小石川はお城の勝手口に近く、中山道や甲州街道方面から近郊野菜が運び込まれ、江戸で最も繁盛した青物市場が立つ場所であった。

周造が旬《しゅん》の野菜に目がないことを、桂子もよく心得ている。この時、三十を越えているはずの桂子だが、周造は、その落ち着いた振舞いのなかにとりたての竹の子のような、みずみずしさを感じた。

「医生さん、話はかわるがお桂を嫁にもらってくれないかね。これから戦争でもおっぱじまって、生涯やもめですごすことになった日にゃあ、ことだからなあ」

「まあ兄上……、藪から棒で石坂さまがお困りあそばされるわ」

「竹の子もほおっておけばヤブになる。医生さんには似合いでしょ」

鉄舟は、洒落《しゃれ》ともつかない洒落で座をつくろい、竹の子を箸で突き刺しながら、大声で笑った。

神田お玉が池の清河塾で尊攘の志士が会合を重ねていたころ、山岡家に陽気な町娘のような桂子が出入りしていたことは、志士が山岡家に家族的な親しみを感じさせた一要因でもあった。

桂子は、清河八郎の許嫁《いいなずけ》であったとする説がある。清河の死を誰よりも嘆いたのは桂子であった。許嫁かと聞かれてあるいは「そうよ」とぐらい答えていたかもしれない。

また、清河と獄死した清河の内妻お蓮、そして桂子のことを誰よりも知悉《ちしつ》していたのは、鉄舟である。鉄舟が男女の差別心をのぞくため、一念発起して色情修行ということをしたという話がある。

鉄舟にとって男女の問題とは、自己内面における真剣勝負であったのである。一時は周囲の忠告をよそに放蕩《ほうとう》のかぎりをつくし、兄の高橋までが愛想をつかして夫人英子に離縁をすすめたという。英子は、

「いいえ、主人は将来きっと山岡の家名をあげる人でございます。もうしばらく様子を見ていてください」

といって鉄舟を弁護していた。

鉄舟がこの修行を打ち切ったのは、周造に桂子との婚約を勧めた翌年、静岡に移ってからのことである。鉄舟は依然として江戸に出ていることが多く、英子は三児をかかえて静岡で留守を守っていた。表面はともかく鉄舟の放蕩に心労の絶える間のなかった英子は、一時病の床に伏すこともあった。

ある夜、江戸にいた鉄舟がフト眼をさますと、青白くやせ衰えた女が枕元にジーッと座っている。

「おまえはお英ではないか!」

鉄舟がはね起きると、その姿はスーッと消えていった。スワ静岡に変事が……と感じた鉄舟は静岡に飛んで帰った。

留守宅には別状がなく、驚く英子に鉄舟は前夜の出来事を話した。

英子はやにわに懐剣を取り出し、

「あなたが放蕩をやめて下さらなければ、私は三児を刺して自害するほかございませぬ」

と、泣いて鉄舟を諫《いさ》めた。

鉄舟は、後年こういっている。

「自分は二十一歳のときから色情を疑い、じらい三十年、婦人に接すること無数。その間、実に言語に絶する辛苦をなめた。例の『両刃、鋒《ほう》を交えて』の句に徹して、一切処において物我不二の境涯を失わなかったのは四十五歳であったが、子細に点検すると、その頃にはまだ毫末《ごうまつ》ほど男女間の習気《じゅうき》が残っていた。それが四十九歳の春、ある日庭の草花を見て、忽然として我を忘《ぼう》じたが、それ以来、生死の根本を裁断することができた」

さて、話をもとに戻さなければならない。清河の死を単なる政治テロの犠牲というより、彼自身の内面的な葛藤のなかに見、またそれを窺い知る立場にあったのは鉄舟であり、身近にいた年頃の桂子であったことは、前に述べた。

清河の遊興好きは鉄舟のはるか先輩格であった。故郷の出羽国田川郡清河村にいる頃、かぞえ年十四で酒田の妓楼《ぎろう》に登ったのをはじめとして、旅行に明け暮れした各地で女を買うことを趣味のようにしていた。鉄舟のような構えたものではなく、さばけたプレイボーイの風情であった。

しかし、彼は鶴岡の貸座敷で一輪の蓮の花を見いだした。酔客が興に乗じて座敷にばらまいた金子《きんす》を、嬌声をあげて拾い集める遊女のなかで、ただひとり隅にひかえる清楚な姿があった。

本名高代、鶴岡在の医師菅原善右衛門の三女だが、貧困のため遊里に売られていたものである。清河にとって純粋な愛の対象となり得た初めての女性である。

清河と遊女高代の恋は、遠く離れたふたりの間で交わされた手紙で確かめられ、高められた。

「あたりまえのもののそばにあるのとは違い、気ままの上、行く先大事のわが身なれば、楽しむこともあるべきか、またつらき事もあるべし。とてもあたりまえの心がけならば、辛抱むずかしかるべく思われ候。それよりも百姓町人につれそわば、安気に暮らすこともあるべき故、よくよく思案なさるべく候」

この清河の思いやりに高代は胸をはずませた。

「この度は有りがたき御ふみおつかわし下され、身にあまるお情、お心づくしかえすがえすもうれしく存じあげまいらせ候。わが身のことおたずねにあずかり候も、今はあらわに申し上げまじく、よき節お目もじ、くわしくお話申しあぐべくまいらせ候」

そして、仙台でふたりの生活が始まったのは清河二十七歳、高代十八歳の時であった。

「吾　野妾を遊里よりあぐ　郷里頗《すこぶ》る之を議する者あり　余はその色にふけるに非《あら》ず　その賢貞をあぐるなり　またなんぞそのよって出《い》ずる所を究《きわ》めんや　遂に蓮《れん》を以て名づく　蓋《けだ》し意あるなり」

と、清河は日記に書いている。

テレビドラマに描かれる江戸時代の庶民の恋愛は、いかにも自由で近代的である。皇女和宮の徳川家降嫁《こうか》を狐の嫁入りに戯画《ぎが》化した感覚から見ても、あながち的はずれとはいえまい。むしろ上からの徳育感化が進められた明治時代の方が、はるかに窮屈になっている。

新妻を泥田のなかに咲いた蓮の花にたとえた清河の愛は、六年後、お蓮の獄死で断ち切られた。清河はお蓮の死を知った翌日、故郷の母へ手紙を出した。

「お蓮事まことにかなしきあわれのことといたし、ざんねんかぎりなく候、……いずれの人びとにもみなよきものとほめられ……何とぞ私の本妻とおぼしめし朝夕の回向《えこう》おたむけ、子供とひとしくおぼしめしくだされたく願い上げ申候」

また、父にあてた手紙に追悼の歌を記した。

艶女がゆくえもしらぬ旅なれど
　たのむかいありますら雄のつれ

しかし清河の両親は、それから一年もたたぬうちに、清河自身が暗殺されるという、悲報を受けなければならなかった。


周造の釈放を祝う席で、鉄舟が義妹桂子との結婚を切り出したのは、ふたりの間に、

「清河とお蓮の愛、そして果てしない夢を白分たちが引き継ぎ体現すること、それが供養の道であり、そうすることが仏の導きなのだ」

という、ひそかな感情の動きを察したからだ。その間合い見計らって、一瞬ふたりの情念に切り込んだのは、鉄舟の剣さばきそのものといってよかった。

恩《おん》讎《しゅう》

勝海舟の後始末

周造は、鉄舟宅ですがすがしい再出発の朝を迎えた。身支度を整え、益満とともに勝海舟邸に向かった。

麻布・元氷川の勝邸は、鉄舟の家より手入れがよい程度で、お屋敷というにはほど遠く、この日も早朝からいろいろな客でごったがえしていた。無論だれもが海舟に面会できるものでもなく、「外出の予定」を理由に断られる姿が多く見られた。周造も益満の手引がなければ、まず門前払いの口であったに違いない。丁重に釈放の礼をいって、早々に退散するつもりでいたのが、そうもいかなくなった。

部屋に通されて待っていると、入ってきた海舟は、席に着かないうちに口を開いた。

「支那の春秋時代に管仲《かんちゅう》という、できる大将がいたんだってねえ」

人の意表をつくのは海舟のおはこだ。

「管仲が斉《せい》の若殿を待ち伏せして、弓でねらいうちした。矢は若殿に命中して馬から転げ落ちた。管仲は死んだと思ってたが、腹の止め金に当たって生き延びていたんだな。その若殿がのちの桓公《かんこう》さ。管仲が仕えている魯《ろ》の国と戦争になって、これに勝つと早速、管仲を差し出せてえことになった。まず、こいつを血祭りにあげて恨みを晴らそうてえわけだ。

ところが、その国の鮑叔《ほうしゅく》牙《が》という宰相《さいしょう》がこれをとめた。命を救って重く用いなさい、必ず殿のお役に立つはずだからとね。叔牙は管仲の力も魂も知りつくしている。桓公があとで中原《ちゅうげん》の覇者《はしゃ》になれたのは、まったく管仲のおかげだったそうな」

海舟は、さらに体を乗り出して続けた。

「石坂さん。あんたも私をねらったかい。するとお前さんが管仲で、山岡の鉄さんは叔牙だね。私は桓公といいてえところだが、覇者の方はもう征東軍にきまってしまった。ところで、石坂さんは獄中がお好きなようだが、獄中にはほかにも管仲がおりますか」

海舟のひとを食った口調に馴れない周造は、憤然として言い返した。

「先生、何をいう。今日の獄中は、のこらず管仲です。徳川家が今日のようになったのは、なぜですか。慷慨《こうがい》忠臣というものは、いわば国家の骨なのです。この骨を暗殺し、あるいは牢に入れて殺し、あるいは毒殺して骨を絶てば、その家は滅びるのです。徳川家はいま滅びようとしています」

海舟は、そうかねえ——……といった顔つきで、あごを肘《ひじ》で支えながらにやにや聞いている。

「しかるに、それを悟ることをしないで、志ある者を避けようとしている。治《ち》にいて乱を忘れ、いまだにその治を踏まずして乱を忘れるの形であるから、徳川の立つべき道理がないのです」

「そうでしたかい石坂さん。その管仲を出しましょ。管仲の名は誰だれです。おっと、休《きゅう》さん控えときなよ」

周造が、まっさきに名をあげて釈放されたのは、松平修理の家来、観察役河津武彦で、薩摩の装束《しょうぞく》屋敷に潜んでいたところを捕らえられた。河津は議論の立つ男で、周造が海舟のところへつれて行き、海舟を大いに喜ばせた。

また、周造が釈放を図った変わりだねとして、青木弥太郎という大泥棒がいた。二百石取りの旗本で、ならずものを配下に、関東各地で押し込み強盗をはたらき、七万両もかせいでいた。一緒に捕らわれた連類が残らず白状したため、青木は、石抱きの刑にかけられた。これは、一枚の重さが十三貫(五十二キログラム)の石五枚を、膝の上に積み上げるという拷問《ごうもん》の決め手であるが、青木を白状させることはできなかった。

「この弥太郎を、匹夫下郎《ひっぷげろう》の口上をたてにお責めになるけれど、匹夫というものは、苦痛に耐えかねれば必ずないこともあるという。そういう匹夫のいうことを証拠にしてのお取調べは、その意を得ない。かりにも自分は旗本である。いやしくも旗本の身分にあるものが、強盗などというけがらわしい所行《しょぎょう》ができるものかどうか、よおくお考えいただきたい。私も吟味役をしたことがあるが、青木弥太郎が吟味をすれば、だれであろうと必ずないことも白状させてお目にかけよう」と見栄を切り、吟味役を手こずらせた。物的証拠が「何ひとつないではないか」といっているのである。

周造は、この堅忍不抜かつ不敵な青木の精神力を買ったわけだが、海舟も初めて聞く名ではない。

海舟の父小吉は、小普請《こぶしん》組四十俵の貧乏旗本で本所に住み、博徒《ばくと》や火消し、遊び人などとも交際の広い、下情に通じた粋人《すい》だった。本所で育った海舟は、江戸に戦火が及んで一番被害を受けて迷惑するのが、海舟の愛する罪のない町方の人びとであることを知っている。

官軍が万一江戸総攻撃を仕掛けるようなことがあれば、事前に住民を房総などへ避難させたうえで市街各所に放火し、文字どおり背水《はいすい》の陣を敷いて最後の対抗手段とする、という海舟の秘密工作があった。

その相談に乗っていた深川の岩次郎は、かつて火事場で青木一味と大喧嘩をして、新門辰五郎《しんもん》から仲裁されたことがある。また、小名木《おなぎ》川の増吉というのは、その時改心して青木のもとを離れた博徒の親方で、このふたりは、海舟が直接放火の依頼をした昵懇《じっこん》な間柄であった。青木のことも彼らから聞いて知っていたに違いない。ついでながら、青木は維新後、王子あたりで料理屋を開業し、六十何歳かの天寿を全うしたという。

そもそも江戸は、農民のなかから生まれた勇敢で忍耐力のある三河武士の集団で開かれ、発展した。いまの旗本・御家人《ごけにん》といわれる武士階級には、まったくそのかげもない。

周造は流浪潜行の時代、上州幡多羅郡で農民の窮状を見かねて、土堤新築の謀主《ぼうしゅ》を買って出たことがある。また、医者を開業しながら世渡りをしていた時も、忍耐力や生活力で、貧困や飢餓をはねかえすしたたかな農民の姿を見ており、江戸の武家社会が生産から遊離した虚構の上に立っていることを知っていた。

すべてが動き、すべてが変わろうとしている。周造は、門閥や階級をこえた、実力がものをいう時期の到来していることを、肌で感じとっていた。

薩摩や長州は、下級武士や農民を主体とした近代的軍隊を組織することに成功した。幕府もにわかごしらえの隊を組織したが、多くは農業を嫌って武士階級を夢見た若者か、そうでなければ江戸を食いつめたごろつき集団であった。

『幕末実戦史』の記述から当時の状況がうかがえる。

「初め幕府は軍国多事の秋《とき》に当りて率先新式操典に則《のっと》り、銃兵の訓練を奨励せし所いやしくも士分の列に加われる者は、銃を担いて調練に従うを潔《いさぎよし》とせずしきりに刀槍の術を研磨して、上官の命令に服せざりければ、時の勘定奉行小栗上野介の計画を容れ、従来行われ来たれる兵賦《ふ》の法に代ゆるに軍役を以てし、旗下《もと》（本）の士中采《さい》地を有する者には録高に応じて賦兵を課し、或は金を出さしめて別に兵を募るの道を立て専ら西洋組織の軍隊を訓練し、征長の役に際して試みに派遣せるに、勇敢にして善戦すること、世々代々録を食める与力同心輩《は》より、はるかに好成績をあげ得たるを以て、爾来《じらい》は盛んにこの種の軍隊を養成するに勉めしが、一利一害は数の免れざる所にして、無頼標悍《ぶらいひょうかん》郷党に容れられざる者も、往々にして募入し来たれる有様にて駕馭《がぎょ》頗《すこぶ》る困難を極めたり。

その歩兵第十一連隊、同第十二連隊の如きも大坂（阪）付近の傭《よう》兵および志願兵を以て編成せるものなるが、慶応三年正月伏見鳥羽に事破れ、幕府の軍頗る危急に陥れるに際しては、未だ訓練中にもかかわらずその第十一連隊は佐久間近江守、第十二連隊は窪田備前守これを提げて難局に当り、奮戦力闘大いに努めしもついに両将相次いで殪《たお》れたるより、一度は大坂城に退却の止むなきに至りしが、続いて総軍ことごとく江戸表へ引揚げの事に決するや、両連隊の兵もまた伊賀地より伊勢に出て正月下旬江戸三番町の兵舎に入りぬ。

その後いくばくもなくして江戸開城の風説伝わるや、ただされ放逸なる雑輩は根本をきわめずして徒《いたずら》に喧騒し、各所に集団して慷慨悲憤の声を漏らし、事態頗る不穏の形勢となりしが、遂に慶応四年二月五日の夜におよび、小頭の藤吉なるもの、営中の誰れ彼れを扇動し、当直の士官数名を銃殺して兵器を掠《かす》め、河原精之進、加藤惣兵衛（両人共大坂人）はじめ歩兵第十一、同十二両連隊の兵千余名と共に凱歌をあげて突然野州《やしゅう》方面に脱走するに至れり。これ幕兵脱走の嚆矢《きょうし》にして、その目的とする所は庄内藩に投じ、徳川幕府の再興を計らんとせるにありしとか。

この藤吉なる者は江戸の平民にして、初め十人火消の纏持《まといもち》をつとめ、腹背《ふくはい》一面に雲龍の文身《ぶんしん》をなし、膂力俠気《りょりょくきょうき》共に党中の推す所となりしが、その募に応じて歩兵隊に入れる後も、依然衆の雌《し》服《ふく》する所となり常に一方に勢力を占め、後には指図役より改め役まで累進し、自ら梶原雄之助平宗景と号して勇猛の名を轟かしたるが、根が分際《ぶんざい》なき者の常とて、脱走後はいよいよ放逸を事とし、博徒と気脈を通じて劫掠《ごうりゃく》をほしいままにし横暴ほとんど至らざるなきにいたれり」

やや長い引用になったが、日本の軍事力を統帥《とうすい》していたはずの幕府の軍隊が、すでにこの程度でしかなかったことを端的に表現している。鳥羽・伏見の戦役から逃げ帰ってきた幕兵はもとより、江戸で組織された隊員も、この先の給与が心許《もと》なく、また慶喜の処遇いかんによっては、その身分さえ失いかねないという瀬戸際にある。兵の不満は極点に達していた。

勝海舟は、陸軍総裁として単身脱走を企てる各隊におもむき、鉄砲玉に身をさらしながら説得に当たったが、二十人、三十人程度を思いとどまらせるのが精いっぱいであった。

大鳥圭介脱走

四月十一日、江戸開城の日である。その朝早く慶喜は小数の供を従え、上野から水戸へ立ち退いた。それより早く深夜第二時、駿河台の屋敷から従僕ひとりに行李《こうり》一個をもたせて、あたりをはばかるように抜けでた武士がいた。

幕府最後の歩兵奉行・大鳥圭介である。直参の高官といった気取った風情《ふぜい》ではない。額が広く端正で、取り立てていうべき特徴のない顔だが、口元に思い詰めた一途さをただよわせ、均整のとれたひきしまった四肢は、自ら激しい軍事訓練の先頭に立っていたことをうかがわせる。

天保三年二月生まれの三十七歳。その年の元日に生まれたとされる周造とほとんど同じである。しかし、後に石油にかかわったということ以外に、特にこのふたりを関連づけるものはない。維新史のなかで、傑出した能力を有しながら、大鳥も終始バイプレイヤー的な扱いしか受けなかった。

周造と違って、大義名分を振りかざして、大言壮語するようなことはまずない。「さむらい気質」が時代遅れになったとはいえ、当時としては、めずらしくプラグマチカルな発想をする努力家であったようだ。

性格もまったく異なるふたりが、維新をどう受け止め、自らの行動に移していったのか、そしてそれが世間にどういう影響をもたらしたのか、その軌跡を追うことにしたい。

大鳥は大川端に立った時、チラと再びこの川を渡ることができないような気がした。浅草から向島《むこうじま》、葛西《かさい》と歩を進め、途中打ち合わせてあった士卒五百人弱と落ち合った。大鳥が訓練に当たった伝習兵たちである。翌十二日には市川の渡しを越え、下総《しもうさ》の国府台《こうのだい》に集屯した。

国府台は、江戸城からわずか四里ほどだが、途中隅田川、荒川、中川、江戸川など関東平野を潤した諸川が海に注ぐ低湿地帯をへだてており、天気のよい日は、海抜二十数メートルのこの台地が上野の山から望見できた。

そこでは、京都から撤収した新選組の残党、土方歳三らのほか会津、桑名の軍勢約千五百人と大砲二門が加わった。

早速軍議が開かれた。その模様を大鳥は次のように記録している。

「然るにこれを統率する人なく毎度議論沸騰、殊に戦端を開く時は諸説紛々《ふんぷん》必ず機会を失う大患あり、故に右全軍を君の統括せんことを願うと、余辞して曰く、小川町の大隊は格別、其の外の兵隊の脱走は予の強いて知らざる事なれば命令も行届きかね、且つ小子是迄戦場に出でしことなければ進退の事未熟故其の大任をになう能わずと」

七百年の昔、おなじここ国府台で源頼朝が兵を挙げた。石橋山の戦いに破れて海路安房に落ちのびた頼朝は、約半月後に三百余騎で国府台に拠《よりど》り、関東一円の土豪に平氏打倒への参加を呼びかけた。あらかじめ通じてあった上総介広常の二万余騎が参軍するはずになっている。

ところが、広常は頼朝や関東諸勢力の出方をうかがい態度決定を遅らせたため、頼朝はやむを得ず進軍を開始した。そこへ駆けつけた広常に対し、頼朝は遅参を厳しく責めたてた。広常はその気概に圧倒され、頼朝への忠誠と服属を誓ったという。

これにくらべて、大鳥の場合は、挙兵ということばさえはばかられるような敗北的なスタートである。戦う意思も目標も定められていない文字どおり脱走兵軍団であった。

大鳥は江戸脱走の直前、実弟に宛てて次のような手紙を出している。

「小子義は近来追々非常の抜擢《ばってき》を蒙《こうむ》り、昨冬以来三度転役、歩兵頭並より歩兵頭に相成り、歩兵頭より歩兵奉行にこの間仰せ付けられ、誠に有難き義ゆえ一命を以て幕府へ忠節を尽くし候覚悟にござ候」

その反面、

「転役いらいも国家の為色々尽力忠諫《ちゅうかん》も仕候えども御採用もこれ無く、三百年の基礎これ有り候えども何分姦小の吏人多々、とかく忠言は用いられず、実に自然の勢いかと嘆息、いわゆる大廈《たいが》の崩るるは一木《ぼく》の支える所にあらず候、今更思当たり悲嘆仕候、天祥《てんしょう》の忠、岳飛《がくひ》の勇も宋《そう》室の亡を救うあたわず」

ともいっている。

これは、大阪から逃げ帰って就去に迷う慶喜に大鳥が拝謁を願い、長時間待たされたあげく、深更に至ってやっと持論の主戦論を具申したが、明快な返答に接することなく、厄介者扱いにされた時のことを指しているのだろう。その限りにおいては、自らの背後を支える公権力として、未練もこだわりもなくあっさり見限っている姿でもある。

大鳥脱走の前、のちに明治政府の高官となり郵便制度を創設した前島密《ひそか》が、駿河台の大鳥邸に出向き大鳥を諫《いさ》めている。

「朝廷はすでに開国通信をもって国是としている。関東に討幕軍が向かっても慶喜公は恭順して反抗する意思がない。いま、内憂を鎮定する上で重要なことは外交にほかならない。しかるにその衝に当たって事に堪能なるものがわが国に何人いると思うのか。

君のように欧文をよくし、達識があるものが一武弁《ぶべん》として内戦に身をさらすことはない。もし、私情の赴くところであればすぐに改めてほしい。君の任務は帝国の利益をもって第一とし、自ら進んで朝に入り大いに廟謨《びょうぼ》に参画すべきではないのか。これこそ国士の尽くすべき天職とは思わないのか。どうか活眼を開いてくれ」

大鳥は、

「いまさら、徳川の賊臣にはなれない」

とかすかに笑っただけで、それにあえて反論しようとはしなかった。わき目もふらず突き進んできた自らの軌跡を、一朝にして覆すような器用さが、大鳥にはなかった。

その一方、最後まで壮烈な抵抗を示した会津藩のように、先祖代々徳川家から得た恩顧とか、薩摩藩兵に対する反感憎悪《ぞうお》といったものは一切なく、軍事専門家としての職業意識を先行させていた。

大島は、播磨国の西端、細念《さいねん》村という戸数わずか十数軒の田舎で医者の子として生まれた。少年時代は、漢籍の教授を主体とする地元の閑谷《しずたに》学校で儒学を学び、頭脳明敏で神童の聞こえが高かった。しかし、それにあきたりない大島は、大阪に出て緒方洪庵《おがたこうあん》の適《てき》塾で蘭学を学んだ。ここからは大村益次郎、橋本左内、福沢諭吉などの人材が輩出している。二年半後の二十三歳の時、江戸にでて坪井忠益塾に入門、兵学、兵器の洋書研究を始めた。次いで江川塾で西洋兵学の教授に招かれ、同塾にいた中浜万次郎からは英語を学んだ。

その頃、摂津尼崎藩の招きにより扶持を受けて士分となり、次いで阿波徳島藩に移った。そして『築城典型』や『砲術新編』などの兵書を翻訳出版し、西洋兵学者としての不動の地位を築いた。さらに横浜英学所で、星享、益田孝、沼間《ぬま》慎二郎等とともに米国人宣教師ヘボンやタムソンから英語の講義を受けることになった。沼間は後に守一《もりかず》と改名し、横浜毎日新聞社の社主となるが、当時兵学に夢中で、英語もそのためのものと考えていた。

これに大島らも巻き込まれ、英語の普及や近代医術の施療を通じて、なんとか宣教の手がかりを得たいと考えていたヘボンらの夢を、あっさり打ち砕いてしまった。

のちに大島は、フランス式兵学をブリュネに学ぶとともに、幕府が採用したフランス式操練に実地に参加することにより、彼のゆるぎなき価値観である「知識」にみがきをかけた。これこそ、時代と時の権力の要請に符合したもので、出世への特急券を手にしたも同然であった。

幕府に召し出されたのは慶応二年で、開成所教授として録米五十俵三人扶持という待遇であった。

「武士は二君に仕えず」どころか、わずかな間に三君目の宮仕えである。洋学の需要がいかに高かったとはいえ、世襲、終身雇用が常識の封建社会では考えられなかった「新人類」だったのだろう。

ここで周造の生い立ちにも触れておきたい。

周造は、生涯を通じて自分の出生を明確にしたことがなかった。晩年の史談会では、自ら「奥医師石坂宗哲の妾の子」などと証言しているが、身近にいる雇人には「長野県生まれ」と語っていたといわれる。また、清河八郎の『鹿島の道行』では、元彦根藩士とされており、海音寺潮五郎、子母沢寛両氏の小説や明治時代の権威ある人名鑑でも、彦根説を採用している。たぶん、若い頃にはそう自称していたに違いない。その時々を生き抜くための方便であったかもしれないが、こういった「出まかせ的」発言の多いことが周造の評価を低くしているようだ。

この出生の秘密を解明したのが、在野の研究家・故前川周治氏が著《あらわ》した『石坂周造研究』である。氏は、『下水内《しもみのち》郡誌』などの文献調査や現地取材を通じて、周造が信濃の国水内郡桑名川村の組頭をしていた渡辺彦右衛門の次男であることを明らかにした。

それによると幼名を源蔵といい、六歳で両親のもとからはなれて寺に預けられ、天海と命名された。

「その師に学ぶや、一を聞いて十を悟るの聡明あるも、しかもまた絶倫の腕白にして、寺門みな、その制馭《せいぎょ》に苦しむ」

という子供だったようだ。そして十七歳になった頃、寺に抜刀した強盗が入るという事件が起きた。和尚をおどし財物を奪おうとする光景を見た寺男が、鐘楼にのぼって鐘を乱打した。村民は、鍬や竹槍をひっさげて寺に駆けつけ、村中が騒然とした空気につつまれた。驚いた賊は白刃をかざして囲みを破り、かろうじて逃げ失せた。

この年、日本をうかがう外国船が各地に出没し、やがて来る新しい時代への胎動がはじまっていた。しかし海からも都会からも隔絶された山村の生活は、天海にとって退屈以外の何ものでもなかった。そこに起きた強盗事件である。天海は「例の悪戯性欝勃《うつぼつ》として抑うべからず……」で数日後、こんどは天海が覆面抜刀して和尚をしばりあげた。再び鐘が打ち鳴らされ、同じ光景が再現した。天海は、手を打ってこれを喜ぶ。無論、天海は寺も村も追い出された。

郷里を出奔した天海は、江戸・両国に現れ、町医者立川宗達に雇われた。この前後のことは、つまびらかにされていないが、『下水内郡誌』によると、

「いかなる因縁によりてか、立川の師たる両国山伏町の幕府医師石坂宗哲の養子となり、名を周造と改む。これすでに異数なり」

とある。

清河が周造を知った頃、周造は医師として下総国神崎に寄遇《きぐう》しており、尊攘浪士として入出獄を繰り返すことは、すでに述べた。最初に逮捕されて釈放されたのが文久二年、釈放後間もない時期に馬喰町大松屋がその筋へ提出した身上調書を見てみよう。

石坂宗循　　三十四五歳

右は北御奉行浅野備前守様お係にて、去る十一月中私方へお預け相成り候。尤宗循儀所々医師にて歩行、おりから下総国神崎宿真壁屋彦兵衛と申す者懇意に相成り、同所真言宗高照寺へ、右彦兵衛世話をもって宗循妻子共に差し置き、医師相営みまかりあり、佐原宿病気先へまかり越し候みぎり、去々酉年中お召捕り相成り、すぐさま江戸表へ御差立ての上入牢仰せつけられ、お吟味中彦兵衛へお預け、去る十二月二十六日お呼び出し、右備前守様、おいおいお預け御免勝手次第徘徊致すべき旨仰渡され候儀に御座候。

この頃妻子があったことは確かで、清河にも確認されている。妻は上州人であったとする説がある。しかし、周造二十歳のおり、奥医師石坂宗哲の養子となって、その年に一子をもうけている。

前川氏は、妻としたのが宗哲の庶子だったのではないかと想像している。この女性は、幕府から二度目の拘禁を受けた五年間のうちに死亡したのか、その後の消息がはっきりしない。いずれにしても、都会から離れた奥地で、武士より低い身分の家に生まれ、医者を手がかりに知識を求めて都会へ出てきたことは、周造も大鳥と同様である。しかも、譜代の家臣でもないふたりが、共に「徳川への恩顧」を唱え、後半戦に入った戊辰戦争に、まったく逆の立場からかかわりあうことになる。

出師《すいし》の表

白紙の説諭書

江戸城開城を前に、ふたたび自由の身となり、勝海舟や山岡鉄舟に協力することになった周造は、市在取締頭取という役柄を得て、脱走する旗本、与力、同心などを説得鎮撫《ちんぶ》する任務を買って出た。市在取締頭取という公職があったかどうかは定かでないが、周造自身は、奉行格であることを自認していた。多分、大目付の鉄舟直属であることから、その程度の実権があって然るべしと考えたのであろう。

海舟や鉄舟も、周造の趣旨に賛同したので、大総督府参謀局に出向き、西郷隆盛参謀に面会した。

「脱走者は、徳川あって天下のあることを知らない。これは慶喜の赤心に反し、君臣の大義をわきまえないやからです。私は、この大義を説いて必ず帰順させる心組です。もし聞き入れない場合には、刺し違えてでも初心をとげる決心です」

「それは、よかところに気づいてくれもした。徳川の臣下の脱走は、徳川において処置なされる約束でごわす。それがなおざりにされて、戦火が広がっとりもす。勝さんや山岡さんに、一度ただそうと思うとったところでごわす。ぜひ、お願いばもす」

この頃、倒幕軍のなかで長州勢を中心に、無血革命、融和政策を快《こころよ》しとしない強硬派が勢力を得つつあり、西郷の采配に疑問を持つ者も出てきた。したがって説得に応じた脱走兵が、なんらかの口実をつけられて、処罰あるいは抹殺されるようなことのないよう、釘をさしておく必要があった。

「ひとつだけ条件があります。私は命にかけても鎮撫を全うして帰ります。が、帰順させたあとで、脱走中にどこそこで人殺しをしたとか、財産をかすめたとかで、罪をとがめたてすると、私の所行《しょぎょう》が罔っ引き同様となって、武士の面目にかかわることになります。そういった既往《きおう》は、おとがめにならぬようお願いしたい」

「もっともでごわす。承知しもした」

西郷から各地の関門の通行手形をうけとると、早速行動に移した。周造は、鉄舟の配下にある三百名の手勢を使うこともできたが、彼の武器は得意の弁舌と、人の意表をつく度胸のよさであった。

周造が野州下妻《しもつま》に向かったのは、閏《うるう》四月に入ってからである。この頃大鳥の率いる伝習隊を中心とした軍団や、番町歩兵連隊差図役頭取をしていた古屋佐久左衛門が統率した衝鋒隊など、一応組織立った脱走兵の主力は、関東平野から駆逐されつつあった。しかし各地で地理に不案内な薩長軍を悩ますゲリラ活動は健在で、下妻では、仁義、誠忠、回天の三隊が薩摩の兵と対戦していた。

周造は、屯所に集合した脱走兵を前に口を開いた。

「ご一同は、田安《たやす》殿を通じて五ヶ条の勅命が徳川家に下ったことを知っておろう。上様が死を免じられて水戸へ屏居《へいきょ》すること、江戸城を献ずること、軍艦銃砲を献ずること、家士が謹慎すること、上様を鳥羽伏見以来の戦で助けた者たちの死が許されることだ。その上で徳川家のご処置が決まる。上様がご謹慎あそばされているのは、徳川家安泰を考えられてのことではない。日本国の将来のために、わが身はどうなってもかまわないとまで仰せだ。上様一番のご心痛は、いかにすれば貴公たちの身の上が立ち、また家族が養えるようにできるかということだ。それには、一刻も早く戦線を終息させなければならない。それもわきまえずに、上意にそむく不忠をいつまで重ねるつもりか、そのような輩《やから》は武士でも直参《じきさん》でもあるまい」

すでに、連戦と食糧の不足、それに前途への不安で、疲労の色を隠し得ない隊員が少なくなかった。そのなかから、二十前後と思われるひとりの武士がひきつるように叫んだ。

「待たれい!」

怪我《けが》があるらしく、刀を杖にひょろひょろっと立ち上がった。

「貴殿は、腰ぬけの勝安房にたぶらかされ、薩摩の回し者としてやってきたのであろう。そのような者から上意であるの、武士であるのと世迷いごとを聞く耳は持たぬわ、早々《さっさ》と立ち去れい」

一瞬、四囲に殺気がみなぎった。周造は、その男をにらみつけながら懐に手をいれ、折り畳んだ紙をゆっくり取りだした。

「謹んで承れ。これは、汝らに宛てた田安《たやす》権中納言徳川慶頼殿の説諭書である。よいか……」

紙をひろげる周造の背後に、左右からひそかに刀を抜いて忍び寄った者がいる。そのふたり、田中直方と村越覚道が目にしたのは、周造が捧げ持つ説諭書がなんと何も書いてないただの鼻紙であったことだった。

「まてっ！」

田中が叫んだ。

「この男を殺すべきではない。白紙の説諭書を捧げ持って臆面《おくめん》もなくしゃべり続けられるということは、すでに一命を捨ててかかっている。我らの説得に赤心、誠意がなくてできることではない。殺すにはおしい男だ。かりに、薩摩の回し者であったとしても、帰順者をとがめ立てしないとの一条に偽りがあるとは思えない」

村越も素早く刀をおさめ、周造の脇に立った。

「一同それぞれ存念もあろう。石坂殿にはしばしご猶予をいただき、改めて就去《しゅうきょ》を相談することにいたそう」

周造は懐紙を破ってみせ、だまって別室にひき下がった。激論もあったがすでに大勢は決している。半刻の後、一同は帰順に同意することを周造に約束した。

旧幕軍の脱走兵といっても、身分、動機、目的、そしてその組織、規模、行動様式すべて一様ではない。周造が最初に単身乗り込んで説得に当たった下野《しもつけ》の脱走兵は、組織力にとぼしい散発ゲリラで、追い詰められて自棄的な行動に走らないように工作することであった。

次の、林昌之助に率いられた遊撃隊など二、三百人の甲府城乗っ取り計画を事前に断念させることは、周造の個人プレーの対象としては荷が重すぎた。

林は、上総国請西《じょうざい》の一万石の城主で、旗本の先鋭分子・伊庭《いば》八郎、人見《ひとみ》勝太郎にかつがれて隊長になったが、この時二十二歳の若さであった。林らは、房総の小藩から集めた兵を率い、館山《たてやま》から海へ出て伊豆の真鶴《まなづる》に上陸、韮山《にら》、沼津を経て甲府に向かおうとしていた。

大総督府は、山岡鉄太郎を正使、周造を副使として、この説得を命じた。一刻を争う急務とあって、周造は大早かごでひとあし早く箱根の関所にさしかかった。

「大総督府の命で三島《みしま》に向かう。お通し下され」

「ご苦労に存ずる。印鑑をお示し願いたい」

「印鑑は、遅れてさしかかる正使の山岡鉄太郎が持参している。暴徒鎮圧のためだ、一刻の猶予もいたしかねる」

「お役目大事とは存ずるが、印鑑なしでの通行はまかりならぬ」

「脱走の一隊は、すでに北上して箱根に立てこもると聞いている。関所に乱暴をしかけても、通行を許されないとあれば、こちらで見物している以外にない。それでもよいか」

「貴殿が行けば必ず鎮圧できるのか」

「できるか、できないかはわからない。私は一身を投げ出してかかっているのだ。必ずできると信じている」

「それほどの危急の使者とあればお通しするが、せめて名刺なりとおいていってほしい」

こうして、脱走隊のあとを追い、御殿場の出はずれで追いついた。戦々恐々としていたのは、関所ばかりではない。脱走兵の鉄砲は、たったひとりの周造の胸にむけられた。

「無礼であろう。私は大総督府の使者だ。後刻、正使山岡鉄太郎殿が到着される。粗相《そそう》のないよう謹んで待つよう申しつける」

鉄舟到着後、世間体《てい》をはばかるとの理由で、甲州の黒駒（山梨県御坂《みさか》町）へ移動して交渉に入った。

旧幕臣同志の話し合いとはいえ、非勢を承知の上での決起である。義を説き、理を尽くした説得も、彼らに初志を翻《ひるがえ》させるまでには至らなかった。そこで、大総督府の次の指示を仰ぐまでここで待つ、ということにして甲府への進軍を留保させ、鉄舟らは一旦引き上げることにした。

その帰路のことである。小田原にさしかかると、小田原藩の家老渡辺了叟と町奉行の三幣弾正ら数人が道をふさいだ。

「山岡殿とお見受けします。お願いの儀がござります。是非お聞き届けのほどを。城下には脱走兵とおぼしき者、随所に抜挗《ばっこ》し脅迫乱暴に及び、困却いたしております。とり鎮めにご助力をたまわりたく……」

「いかようにも大義名分のたつよう、ご処置なされてはいかがか。それでとがめたてするお上はどこにもないでしょう。ではこれにて、ご免……」

といい残し、道を急いだ。町はずれまでくると、馬で追ってくる者がいる。

「是非、是非、城下までお戻りを」

譜代として、武士として、最後の迷いをふっ切れないでいる様子が、必死の懇願のなかに見てとれた。

「小田原十万石を見捨てるわけにもいくまい」

鉄舟はこういって、きびすをかえした。城内には脱走兵十数人がいて、盛んに同藩の決起をうながしていた。鉄舟と周造は、こもごも天下の大勢と幕臣のとるべき大義を説き、城から退去することを約束させた。次に藩の老臣を集めた。

「小身の山岡が申すこと、お聞きすていただいてもよい。これから申すことは、藩の皆々様にご戒心なくば、山岡のごときに何の手だてもないということを、とくと知っていただくためです。脱走兵に手を焼くのは、藩に隙があるからです。もし、脱走兵に同調したり援助するようなことがあれば、朝敵の汚名をうけて大久保家の滅亡を招くばかりか、譜代の大名として徳川家に対しても、不忠のそしりをまぬかれないでしょう」

懇々とさとすような口調であったが、毅然とした態度こそ藩を救う唯一の道であることを説いた。渡辺は神妙にそれを聞いていたが、そっと涙をぬぐって言った。

「おことば、身にしみて有難く存じます。一同、死場所を得た心地で藩を守る覚悟をいたしました」

渡辺はその後、藩論統一に不手際を生じた責任を一身にうけ、切腹をしている。

城を出て再び街道を下ると、こんどは大磯で町役人が訴えでた。

「菊池寅之助というお旗本が無頼漢数十人を集め、徳川の軍資金を募ると称して町人などから金を徴発し、応じないと抜刀しておどかされるので困《こう》じ果てています。なんとかお取締りを……」

「江戸市在ならこの山岡が取り仕切らねばならぬが、ここの町民の苦しみを救うのは、藩主のなすべきことであろう。申し立てたのか」

「何度も願い出ましたが、旗本には遠慮があるとか、武器で立ち向かわれては微力な藩のことでとか、一向にお取り上げがありません」

周造が苦笑しながら鉄舟にいった。

「私が行ってみましょう」

「藩もこんどは兵をだすだろう。連れておいでなさい」

「鶏を裂くに何ぞ牛刀を用いんや、ひとりで十分。山岡さんは先を急いでください」

菊池は、本陣のような屋敷を占領していた。玄関に若い男が番をしていたが、かまわず土足で奥にズカズカと入っていった。菊池は左腕がない。江戸でもデンポーな（悪ずれした）旗本で通っていた。小膳を前に、女に酌をさせているところへ周造が立ちふさがった。

「なんじは菊池寅之助であろう。拙者は、朝旨によって鎮静の命をこうむってまいった石坂周造である。これに対し、なんじの態度はまことに無礼ではないか。早々席をさがって余の命を聞け。なんじもし余の命に従えば活路を与えるが、さもなくば直ちに切り捨てる」

部屋の外に駆けつけた手下たちも、下手に踏み込めない。気をそがれた菊池は、席を下がって平伏した。

「恐れ入りました。どうぞよろしくご処置を」

大小を取り上げたところへ、小田原藩兵が駆けつけたが、その頃すでに手下たちの姿はなかった。菊池を藩兵に預け、東京へ護送させた。

前線突破

林昌之助の一隊は、ひとまず沼津の水野家に預けるという大総督府の方針が決まり、こんどは、周造がひとりで使いに立つことになった。林とは御殿場で面談し、二日間にわたり百方ことばを尽くして説得に当たった。これに対して林は、

「水野出羽守は、沼津城主であると同時に甲府城代のお勤めがある。謹慎は甲府でお受けしたい」

と、甲府行きにこだわった。周造はこれを聞かず、すでに八分通り戦意をなくしている林を押切って、沼津へ護送する手筈を整えた。

ところが、小田原藩でさえわずか十人前後の脱走兵に手を焼いているのに、わずか四、五万石の水野家が、三百五十人にものぼる脱走兵を預かることは、迷惑ばかりか、財政面でも不可能に近かった。沼津藩としては、なんとか辞退したいものの、新政権にあらぬ嫌疑をかけられても困る。そこで、韮山の代官江川太郎左衛門のところへ、せめて半数だけでも預けることに願えないかと、周造に申し出てきた。

大総督府の決定を軽々しく変更するわけにはゆかぬ。周造は、沼津が統治能力のなさを、表向きの理由とするわけにいかないことを見透《す》かし、江川の郡代の元締である柏木総蔵を呼びにやった。

柏木は、馬を飛ばしてやってきた。

「水野殿のお役目、まことに大事にござりますれば、万が一にも不行届きは許されますまい。江川とて、かなう限りのお手伝いはさせていただく所存、ついては、入用一切を当方に工面申しつけられたい。さすれば、出羽守殿には、遺漏なく身柄お預かりや警備のご用をお勤めいただけるものと……」

こうして、どうにか一件落着。脱走の機会をうかがっている抗戦派を封ずるため、これを一刻も早く東京に報告する必要がある。周造は三島で箱根越えのかごを雇うことにした。

ところが、かご屋は誰もこれに応じようとしない。だんだんに聞いてみると、伊庭八郎が箱根にこもって官軍と戦っているためとわかった。

「伊庭か、かまうことない。骨折り賃はいかなりともつかわすから、早く出せ」

八両の約束で応じたかごは、新緑に覆われた箱根路にさしかかった。遠くに聞こえた銃声が次第に激しくなり、かごが急に止まった。

「旦那さま、タマが飛んできます。お代はお返ししますからここまででご勘弁下さいまし」

「ならぬ。約束通りまいれ。さもなくば斬りすてる。流れ弾などめったに当たるものではない」

「あっしらを敵にまわすと、箱根の戦は勝てませんぜ、だから命をねらわれるようなことはまずねえ。だが、客の命は枯れっ葉のようなもの、風の吹き回しでいつ落ちても不思議はねえ。ようがす、越えましょう。どうなってても恨みっこなしでえことでさあね」

かごが動きはじめたとたん、

「ぶすっ」

と音がして、目の前を銃弾が貫通した。周造もさすがに驚いたが、かごは、そのままのかけ声で進む。狭い空間と視野は、よけいに周造を不安におとしいれた。

脱走兵の一部がゲリラ化して、箱根の要所を固める東征軍に陽動作戦を展開している。その銃撃戦のさなかを通り抜けようとしている一丁のかごに周造が乗っている。このことをゲリラを指揮する伊庭が知っていて、なんの不思議もない。主戦派の伊庭にとって、総大将の林昌之助に投降を勧告するために派遣された総督府の使者が、戦場を強行突破して流れ弾に当たった、となれば、どっちの弾かもわからず、こんな好都合なことはない。

周造は「無謀であった」と気が付いたが、ここまでくれば、引き返すことはもとより、かごを止めることも外に出ることも危険極まりない。狙撃者《そげき》の銃口は確実にかごを狙っているに違いない、という恐怖心から逃れられなくなった。

「まだ、死なない。気を落ち着けろ」

と自らを励まし、荷物を体に結わえ直そうとした。その時、なかに諸葛孔明《しょかつこうめい》の『出師の表』を記した書があることに気がついた。

「よしっ、これに限る」

深呼吸と咳ばらいをひとつして、読み始めた。

「臣亮《りょう》もうす。先帝、創業いまだ半ばならずして、中道に崩殂《ほうそ》せり。今天下三分し益州は疲弊す。これ誠に危急存亡の秋《とき》なり。しかれども侍衛の臣、内に懈《おこた》らず、忠志の士、身を外に忘るるものは、けだし先帝の殊遇を負うて、これを陛下に報いんと欲するなり。誠に宜しく聖聴を開帳し、以て先帝の遺徳をあきらかにし、志士の気を恢弘《かいこう》すべし、宜しくみだりに自ら菲薄《ひはく》し、喩《ゆ》をひき義を失い、以て忠諫の道を塞《ふさ》ぐべからず」

表はかなり長文である。漢室の血をひく劉備玄徳から、三顧《こ》の礼をもって迎えられた諸葛孔明が、玄徳の死後蜀の帝位を継いだ幼い劉禅に、先帝の遺志を継ぐようさとすくだりである。

「宮中府中は倶《とも》に一体たり、臧否《ぞうひ》を陟罰《ちょくばつ》し、宜しく異同すべきにあらず。もし姦をなし、科を犯し、及び忠善をなすものあらば、宜しく有司に付して、その刑賞を論じ、以て、陛下の平明の治を明らかにすべく、宜しく偏私して、内外をして法を異《こと》にせしむべからず。

侍中侍郎郭攸之《ゆうし》・費褘《ひい》・董允《とういん》らは、これみな良実にして思慮忠純なり。これを以て、先帝簡抜《かんばつ》して、以て陛下に遺《のこ》せり。愚《ぐ》おもえらく、宮中のこと、事大小となくことごとく以てこれに諮《はか》り、しかる後施行せば必ずよく闕漏《けつろう》を裨補《ひほ》して広益するところあらん。将軍尚寵《しょうちょう》は、性行淑均《しゅっきん》軍事に暁暢《ぎょうちょう》し、昔日に試用せられ、先帝これを能《よし》とのたまえり。これを以て衆議、寵《ちょう》をあげて督となせり。愚おもえらく、営中のことは事大小となくことごとくこれに諮《はか》らば、必ずよく行陣をして和睦し、優劣をして所を得しめん。

賢臣を親しみ、小人を遠ざけしは、これ先漢の興隆せし所以《ゆえん》にして、小人を親しみ、賢人を遠ざけしは、これ後漢の傾頽《けいたい》せる所以なり。先帝いまししときは毎《つね》に臣とこの事を論じ、いまだかつて桓霊《かんれい》に嘆息痛恨したまわざるはあらざりき。侍中尚書、長史参軍、これことごとく貞亮《ていりょう》死節の臣、ねがわくは陛下これに親しみこれを信ぜよ。すなわち漢室の隆《さか》んなる、日をかぞえて待つべき也」

銃声は最高調に達し、こだまは谷間をゆるがした。周造は一段と声を張り上げた。

「臣はもと布衣《ほい》、みずから南陽に耕し、いやしくも性命を乱世に全うし、聞達を諸侯に求めざりしに、先帝臣の卑鄙《ひひ》なるを以てせず、猥におんみずから枉屈《おうくつ》して、三たび臣を草廬《そうろ》にかえりみたまい、臣に諮るに当世の事を以てしたもう。これによりて感激し、ついに先帝にゆるすに駆馳《くち》を以てす。後、傾覆にあい、任を敗軍の際にうけ、命を危難のあいだに奉ぜしめ、爾来二十有一年矣。

先帝、臣が謹慎なるを知る。故に崩ずるにのぞみて、臣によするに大事を以てしたまいぬ。命を受けて以来、夙夜《しゅくや》憂歎し、付託の効あらずして、以て先帝の明を傷つけんことを恐る。故に五月、瀘を渡り、深く不毛に入れり。いま南方すでに定まり、兵甲すでに足る。まさに三軍を将率し、北中原を定む。庶《ねが》わくは駑鈍《どどん》を竭《つく》し、姦凶を攘除し、漢室を復興して、旧都に還しまつるべし。これ臣が先帝に奉じて、而して、陛下に忠なる所以の職分なり」

かご担きのかけごえは荒くなり、周造は、唾をごくりと飲み込んだ。そして、蜀《しょく》の現状に心を残しながら、帝に出陣の別れを告げる感動的な最後のくだりへと続けた。

「斟酌《しんしゃく》損益し、進んで忠言を尽くすにいたりては、すなわち、攸之《ゆうし》、禕《い》、允《いん》の任なり。ねがわくは陛下臣に託するに、討賊、興復の効を以てせられよ。効あらざれば、すなわち臣の罪を治め、以て先帝の霊に告げさせたまえ。もし興徳の言なきときは、すなわち、攸之、禕、允らの咎《とが》を責め、以てその慢を顕《あらわ》させたまえ。

陛下また宜しく自ら謀り以て善道を諮諏《ししゅ》し、雅言を察納し、ふかく先帝の遺詔を追わせたまえ。臣、恩をうくるの感激にたえざるに、今まさに遠く離れまつるべし。表に臨みて、涕泣《なんだ》おち、云うところを知らず」

読みおえたところで、いつしか銃声はまばらになり、音も山ひだの後ろにまわった。

中国の偉人は、ある大事件の最中に平然として本を読んでいたが、気がついたら本がさかさまだったという話がある。それにくらべ、「出師の表」を一字一句としてあやまらずに読めた周造は、おれのほうが偉いと感じた。

帰京した周造は、鉄舟に一連の報告のあと、このことを自慢した。日頃、剣や禅で修行を積んだとはいえ、年下の鉄舟の風下に立つことを快《こころよ》しとしなかったこともあって、ここで豪胆さを吹聴《ふいちょう》しておきたかった。

「そりゃあ偉い。そんな危険な場合、出師の表に気付いただけでも尋常でないのに、間違えずに読んだとは見上げたものだ」

鉄舟は、周造の得意顔を追いかけるように問いかけた。

「ところで石坂さん、いつものように涙がでましたか……」

出師の表を読むと、いつでも涙がでるといっていた周造だが、この時には、感激の涙などわかなかったことに気がついた。

「ううーん、なんという臆病者だ。弾の音に気をとられて涙を忘れていた」

周造は、さっと席をひいて両手をついた。

「山岡さん、恐れ入りました。あなたには及びもつかない未熟者だ。どうかあなたの弟とおもって、これからも、おろかな私の面倒を見てもらいたい。このとおりお願いします」

率直な周造の申し出に、鉄舟も感動をおぼえた。

「石坂さん、手を上げて下さい。あなたをそんな風に思わせた尊大さがあったことを恥入ります。これは、私が未熟だからです」

ふたりは、孔明の尽忠にならって一生力を合わせようと誓いあった。

彰義隊墜つ

遊撃隊説得の後日談となるが、林昌之助説得の礼を申し述べたいといって、ある日、幕府の御側《そば》御用人をつとめていた柴田能登守という人が周造をたずねてきた。

柴田は七十歳をこえており、昌之助は柴田の娘の子であった。

「林家は、家康公のご先代からお供をして一万石の大名にとり立てられたのだから、ほかの大名はともかく、この林家は徳川と存亡を共にしなければならない、と、かねがね孫に言いきかせていました。そのせいか昌之助はついに遊撃隊に加わって、甲府城に拠ろうとするまでになったようです。貴殿がおられなければ、昌之助は、箱根路で露と消えていたでしょう」

といって、涙をぬぐった。

「それにつけてもご因縁でございます」

続けて柴田が語ったところによると、諸公預けになっていた周造に死刑が上奏された時、柴田は書類上の不備を理由に裁可の手続きを却下したことがあるという。

死刑の上奏は、奉行から奏者番に、奏者番から御側御用人の手を経て、将軍の裁可を得ることになっている。その際に必要なものに口書爪印《くちがきつめいん》がある。今日の供述調書と署名のようなものだ。

「その時、私が貴殿を知っていてお助けしたわけではなく、ただ、神祖以来、口書爪印なしには死刑にしないというお定《さだ》めになっている。それを私が固く守ったというにすぎません。こうしてご一新となり、貴殿が赦免され脱走幕兵説得をお勤めになって、孫の一命を長らえていただくとは、なんとも不思議なめぐりあわせでございます」

この死刑の指令が、何時誰から発せられたか不明である。勝海舟が指示したという説もあるが、納得できる説明がつかない。多分、何かのどさくさにまぎらせて、目立たぬよう消してしまおうとする一部の謀略があったのだろう。

幾度も死地をくぐり抜けてきた周造は、世のなかを自分が思いどおりに動かせる、また現に動かしているという気がしてならなかった。各藩を督励したり暴徒の首領を召し捕ったりするための東奔西走は、なおも続いた。

江戸の治安は、大総督宮から田安中納言、大久保一翁を通じて勝海舟に一任された形になっている。すなわち、

「昨今之時勢に付、格別苦慮尽力の件、深感、思食候《おぼしめし》、猶此上見込之儀は無忌憚《きたんなく》申出、万端可抽《ぬきんずべく》誠忠旨、大総督宮、御沙汰候事」

と前置きの上、勝に、

「江府鎮撫万端取締之儀委任候間、可有精勤大総督宮御沙汰候事」

という治安維持の指示がきたのが閏四月の初めである。

このころ海舟は、徳川の海軍艦船七隻を率いて、品川から館山湾に脱走した榎本釜次郎（武《たけ》揚《あき》）をぎりぎりのところで説得し、軍艦四隻を朝廷に差し出すなど、徳川の社稷《しゃしょく》を維持するため、渾《こん》身の努力をしていた。

一方、上野に立てこもって徹底抗戦の姿勢を崩さない彰義隊は、勝手を知った江戸市中で官兵と見ると「田舎侍《いなか》」とののしり、けんかをふっかけてはこれを殺傷するなど、ゲリラ活動を盛んにしていた。また、これに乗じて押し込み、強盗などの犯罪が多発していたが、取締りにあたるべき町方役人の指揮命令系統はすでに機能せず、海舟も手の下しようがなかった。

海舟自身、誰から命を狙われても不思議のない立場にあり、現に半蔵門外を夜間通行中、狙撃されて負傷する始末であった。

海舟と西郷がねらいとした平穏な権力の移行は、この段階で不気味なきしみをたてながら崩れようとしていた。新政府の内部、特に長州藩を中心に、このような事態を西郷ら穏健派の職責放棄とみて、徳川家の処理を再検討し、幕府勢力を徹底的に討伐すべしとする意見が強くなっていた。

この事態を憂慮して精力的に動いたのは、鉄舟である。鉄舟は上野と大総督府の間を何度も往復し、彰義隊を穏便に退散させる努力をした。その交渉相手の輪王寺《りんのうじ》執当覚王院義観は、輪王寺宮公現法親王の権威をかさに着ることや、手前勝手な法話で、人を煙にまくことを得意とする怪僧で、鉄舟の赤心や誠意とはおよそ異なる次元の人物であった。

鉄舟は、最後の条件として覚王院に次の三ヵ条を示した。

一、輪王寺宮を参内させること
二、兵器を田安慶頼に預けること
三、官兵殺傷の下手人を差し出すこと

覚王院はなおも「退散させるには費用がかかる」などといって、下賜金二万両を要求してくる有様で、事態に対する認識を欠いており、ついに官軍総攻撃の前夜を迎えるに至った。

「予この夜、寝につくあたわず、ここに至るゆえんのものを思えば、僅々数名方向を誤るの一点にいで、三千余人をして屍をさらさしむ。なんぞ惻然《そくぜん》たらざらん」

と鉄舟を慨嘆させた。

この夜、急遽周造が呼び寄せられた。

「三ヵ条のうち、下手人を差し出すことだけは、どうしても承知しようとしない」

「そんなことはなんでもない。下手人の名簿を出させて、身柄を差し出すのは情にしのびないというのなら、山から逃がしてしまえばよい。その旨を届出てお上の手で探索、捕縛の段取りを立てるというのはどうだ。ひとりの坊主のせいで、国家が大危害を受ける道理はない。それも聞けないというなら、その場で坊主を刺し殺すまでだ。なんなら私も行こうか」

周造の発想は、いつものように短兵急《たんぺいきゅう》だ。

「宮様のお膝元だ。そのように、あっさりといけばよいのだが」

と言って、鉄舟は再度出かけていった。

この時上野では、田安家の若年寄服部筑前守常純が、彰義隊に最後の説得をするため、法親王への面会を申し入れていた。が、覚王院は得意の弁舌でこれを阻んでいた。そのうち、一発の砲声が聞こえると覚王院は姿を消してしまい、筑前守もなんらなすすべがなかった。鉄舟も万策つきて、明け方山をおりた。

総攻撃は五月十五日の六つ半刻に開始された。総指揮をとったのは、西郷にかわって軍事の実権をにぎった、強硬派の大村益次郎である。

この朝、周造は砲声を背に大総督府のある江戸城に向かった。覆水盆《ふくすい》にかえらず、このまま戦争が長引き、夜に入ると略奪や放火で江戸が大混乱におちいることが目に見えていた。そうなっては、海舟や鉄舟らのあらゆる努力が水泡に帰すことになる。

周造は、じっとそれを待つ気にはなれなかった。お城では、第一線の指揮にあたる西郷はもとより、要人に会うことはできなかった。お使い番の井口寛七に趣旨を伝えているうちに銃砲は下火となり、夕刻にはすべてが終った。

周造は二重橋までできて立ち止まった。目に飛び込んだのは、ひらけた初夏の夕空のなか、上野の方角に高く舞い上がる黒煙だった。周造にとっての長い一日が終る。そして、三百年続いた江戸時代が、煙の行方のようにはかなく消えてゆくように見えた。

この日、薩軍のなかで最前線を受け持った益満休之助が、流れ弾を受けて戦死した。湯島の切り通しで、陣笠をかぶり石垣を背に立ったままの壮烈な死であったという。

鉄舟と周造は、英子と桂子が聞き込んできた噂でそれを知った。鉄舟は、清河塾以来の同志であった益満が、上野攻撃を前に海舟のもとを去って正規軍に加わったと聞いた時、「薩摩隼人《はやと》の死にどころ」を求めているような気がしていた。

「薩摩の益さんは命を盾に江戸を守ってくれたんだ。ひとつしかない命をねえ。死んじゃあいけない人なのにどうして……」

周造を相手に、茶碗酒を酌みかわしていた鉄舟が声をつまらせると、英子と桂子は、涙をおさえきれず台所に駆けこんだ。

沼律の水野預けとなっていた林昌之助は、彰義隊が交戦に入ったという情報を耳にすると、直ちに沼津を脱走し箱根に向かった。これに呼応した小田原の脱走兵が官兵を殺害し、林らと合流するという事件が発生した。大総督府はこれを小田原藩の反逆とみなし、征討のご沙汰となった。

彰義隊をけ散らした勢いをかって、徳川の息の根を止めるまで戦うべしとする勢力が官軍内に強くなっている。小田原攻撃は、恭順を示している藩であっても、口実を設けていつでも壊滅させることができるぞ、という他藩への脅迫効果がある。

その反面、官軍といっても薩、長主力の各藩混成軍である。ひとつ間違うと旧親藩、譜代大名らが官軍に不信感をいだき、最後の総力戦に駆り立てられる可能性も残っている。

大鳥が脱走前に家族へ送った手紙でも、反政府軍にその期待があったことが歴然としている。

「さりながら、また時を得候えば国ともども幕府の為に義旗を翻《ひるがえ》し候ことも、これ有るべきと相楽しみまかりあり候」

そうなると、勝海舟、西郷隆盛の目指した革命のシナリオとは異なり、果てしない戦火で、日本の混迷と疲弊がその極に達する恐れがある。鉄舟や周造にとっても、かつてふたりの説得に応じ、治安維持につとめていた城主大久保加賀守が罪に問われる事態は、何としてでも避けたいところであった。

「明日では何が起こるかわからん」

と、刀をつかんで立ち上がった鉄舟を、周造がおさえた。

「お城へ行くと帰りが危ない、私が行こう。場合によれば一日二日居直る覚悟で行くが、大目付山岡鉄太郎殿には、一刻もここを離れられぬ大切なお役目がある」

周造は、身をひるがえすと暗闇に飛び出し、西の丸に馬を走らせた。

「江戸大目付山岡鉄太郎使者、石坂周造だ。まかり通る」

名乗りの終らぬうちに番屋から飛び出してきたのは、既に顔なじみの薩藩の士である。参謀局には、このところ会えなかった西郷がいた。

周造が申し入れた小田原攻め撤回を、西郷は、即座に拒否した。

「官兵殺傷は事実でごわす。おはんが弁護しても小田原藩潔白の証明にはなりもはん」

「小田原藩主のあずかり知らぬことと、私は確信しています。まず事の真偽をお確かめ願いたい。それがすむまで私はここを動きません。もし私の誤認であれば、直ちにご処置をこうむる覚悟です」

西郷は大きな目玉で周造を見つめたまま、しばらく沈黙の後、口を開いた。

「いや、本営にとどまるに及びもはん。おはんには、これまでもようやっていただき感謝しとります。わたじも近ぢか薩摩に帰ることになろうと思うとります。

おはんや山岡どんに最後のお礼ばせんで、江戸から逃げたとあれば薩摩の恥でごわす。小田原追討は見合わせ、小田原藩を脱走追討の先鋒にたてることの進言ばいたしもそう」

「それはまことに結構なご処置。これこそ皇師《こうし》というもの、小田原藩民がこれを知ったら、どんなに感泣することでしょう」

大総督府は、軍師・長尾通《とおる》を小田原へ急行させた。小田原藩はこれを受けて新政府軍の先鋒となり、林らを攻撃した。この戦いで伊庭八郎は戦死し、林昌之助、人見勝太郎は陸奥へ落ちのびた。小田原の人民は戦火にさらされることなく、大久保家の安泰も保証された。

暁鳥一声

会津戦争

戊辰戦争の焦点は、越後路・常野から、松平容保《かたもり》を擁立する会津若松に移っていった。周造は、会津の鎮撫に自分を差し向けるよう、大総督府に嘆願した。例により、

「正義を説いて戦闘を回避させる。聞き入れない場合は刺し違える覚悟」

という口上が付されている。

大総督府は、後に酒田県の大参事となった津田山三郎を同道すること、百五十人程度の軍を引率することを条件に、一旦はこれを許可した。しかし、出発準備中に急にご沙汰が変わり、常野方面の取締りを命ぜられることになった。この理由について周造は、

「常野に博徒が暴行をはたらいているので、お前は関東の地理に詳しいはずだから、という理由からだったが、これには裏の事情があった。

浪士組の後身新徴組が会津藩にまかされていて、当時出羽で戦っており、なかなか有利な形勢にあった。弾正台《だんじょう》の大巡察・島林慶治が、石坂のかつての手下が多数行っているところへ、石坂を差し向けるのは、薪をそえて火を盛んにするようなものだ、と申し立てたためである」といっている。

正式に弾正台が置かれたのは、五稜郭で榎本武揚らが降伏した直後、明治二年五月二十二日である。したがって、その当時の官名は、刑法官といったはずである。それはともかく、新政権の官僚は、

「雄藩が包囲網を敷く最前線で、なにも周造ごときに手柄を立てさせることはない」

という、早くも戦後をにらんだ、功名争いの謀略が飛びかっていた、というのが真相であろう。

脱走軍の主力を率いる大鳥圭介は、追撃する新政府軍と悪戦苦闘を重ね、百名をこえる戦死者を出しながら、日光から会津へ抜けた。慶応四年閏四月、人里離れた六方越えの難所で飢えと疲労の極に達し、野宿した時の詩である。

深山日暮宿無家　　枕石三軍臥白砂
暁鳥一声天正霽　　千渓雪白野州花

暖国の山野で育った大鳥が見たのは、心をいやすことのできない寒々とした異郷の花の色で

あった。

この頃、会津から沼間《ぬま》慎二郎が加勢にやってきた。沼間はヘボンのもとで英語を一緒に学んだ仲だ。沼間は、幕府の伝習隊歩兵第二隊長をしていたが、会津藩家老・西郷頼母《たのも》の招請を受け、会津藩兵にフランス式の訓練をするために、同志二十一名と会津に入っていた。

沼間の訓練は苛烈を極め、そのため会津軍のうらみを買うほどのものだった。ある日の訓練で、隊列に三の丸の土手に「速進」の号令を下した。伝習生は土手の下まで駆けて行ったが、土手はとげのある草でおおわれており、とげに恐れをなしてそこで止まってしまった。

「貴様らは何故教師の号令に従わん」

「ごらんのとおりのとげで、なかに入ると手足に傷を負うこと必定《ひつじょう》。ここで兵を損ずるのはいかがかと……」

「槍ぶすまのなかでも飛び込んで行くのが兵隊だ。草のとげは動かない。敵は動いて攻めてくるのだ。こんな兵隊では、会津はとても持たんだろうよ」

翌日、行動を共にしていた実兄の須藤時一郎としめし合わせて、同じ場所で速進の号令をかけ、須藤がまっ先に土手を駆けあがることにした。この日は号令一下、将校姿の須藤自ら荊《いばら》のなかに飛び込んでいった。これを見た会津藩士もあとに続かざるを得なかった。

沼間は大鳥が日光方面で苦戦していることを知り、志願して大鳥軍に加わった。もっとも、沼間の特訓にうらみを抱き、長州の間諜に違いないといって、身辺をうかがう会津藩士が出てきたという噂もあり、その疑いを晴らす意味でも好都合であった。

戦線では、板垣退助が率いる新政府軍をさんざん悩ませ、沼間の名はまたたく間に恐るべき存在として知れわたった。

板垣は後年、この頃を回顧していっている。

「大鳥が兵を進めるときは、まず進むべき道普請《ふしん》をしてからやって来るので、これを撃破するのはたやすかったが、沼間ときては、兵を用うること神出鬼没《しんしゅつきぼつ》、ほとんど端倪《たんげい》すべからざるものがあった。さすがの我輩も、沼間には苦しめられたよ」

沼間は、大鳥の指揮ぶりに疑問を抱き、間もなく会津に戻った。そのあと庄内に向かい、そこで政府軍に捕えられた。板垣は沼間の才能を高く評価し、戦後土佐藩に招いて、高知で兵士の訓練に当たらせている。

江戸を出て五ヵ月が過ぎた九月七日、大鳥は小田村の山中で新政府軍の砲声に囲まれながら布陣を続けた。そして、絶望的な状況のなかで日記を書き続けた。

「三四日前より越後口、南口も敗れ戦争四面に起こり城下の戦いも勝利なく、上下の人心恟々《きょうきょう》騒擾《そうじょう》して何れも寝食を要せざる有様なり、兵隊も弾薬は尽き兵糧《ひょうろう》も十分に行き届かず、手負いも療養に道なき故、奮戦する勇気なく、一体の兵気崩壊して如何とも用ゆべき様なく大嘆息せり」

慶応が明治と改元される一日前のことである。会津藩が鶴が城に籠城したのが八月二十三日、政府軍は、着々と包囲陣を整備し、散発的な戦闘に明け暮れしていた。頼りにしていた米沢藩は、すでに九月四日に西軍に降伏し、この頃会津に投降を働きかけていた。

会津は二十日に落城するが、政府軍の総砲撃が開始されたのは、十四日朝からである。大鳥は、その前日の日記に記録した。

「奥羽の藩一も恃《たの》むべきものなし、仙台へは海軍着の由なれば仙台へ行き、榎本其の外に謀り力を合わせて事を共にする外策なし、於此暴動、徒死《とし》するとも益なしと、其れより愈《いよいよ》議定して仙台行の事に一致せり」

疲労困憊《こんぱい》の極に達していたとはいえ、奥羽の戦線を離脱することに、大鳥は、何のためらいもなかった。

しかし、その一方、

「何れの隊にても、今日より悔悟《かいご》し謝罪せんとする人、怪我人病人を区分し、此の両種の者は、不皆仙台藩に託して仙台に残置きたり」

という、冷静で現実的な事務処理ぶりは、驚嘆に値する。

また仙台では、榎本武揚と江戸を抜け出してきたフランス軍人で、大鳥の砲術の師であったブリュネと再会し、互いに手をとりあって喜びあった。ブリュネは中立の立場をとる本国政府から、引揚げを命じられていたにもかかわらず、軍籍を放棄してまで武人の意地をおし通した。しかし、戦術家としては、やはり大局を読み違えていたというべきであろう。

大鳥の学んだ兵法も、実戦でさっぱりその効をあらわすことができず、ただ消耗を重ねるだけに終った。これは西洋兵学の知識だけが先行し、戦いの本質を見失っていたことによるものではなかろうか。むしろ、わが国に古来伝わっていた中国の古典兵法「孫子《そんし》」を、吟味しておいた方がよかった。

「孫子曰く、兵とは国の大事なり、死生の地、存亡の道、察せざるべからずなり。故にこれを経るに五事を以てし、これを校《くら》ぶるに計を以てして、其の情を索《もと》む。一に曰く道、二に曰く天、三に曰く地、四に曰く将、五に曰く法なり。道とは、民をして上と意を同じうし、これと死すべくこれと生くべくして、危《うたが》わざらしむなり」

そもそも大鳥が精鋭として直接指揮した伝習隊とは、大鳥が馬丁、六尺、雲助、博徒、火消など市井《しせい》のなかから、体格のよい者を選抜して組織し、習得したばかりのフランス式操練をほどこしたものである。軍隊編成の方法や規則は、孫子のいう五事の最後「法」にあたる。「法」だけでは戦に勝てるはずがない。肝心の「道」は、幕府の処分が決まった後完全に失われた、というより大鳥の脱走当初より欠落していたのだ。

大鳥が、猪苗代の山中で敗北の逃避行を続けている頃、周造は常野の鎮定に出発した。刀や槍を交える果たし合いしか知らぬ周造が会津に向かっても、銃砲が戦線の主役と化した近代布陣のなかでは、言論が無力であることを覚《さと》る結果になっただろう。

博徒、賊徒がかもしだした暴動を鎮圧するというのが今回の周造の任務である。だが、脱走軍と新政府軍の交戦のすきまで発生した自然発生的な「世直し一揆」と区別がつかぬものもあり、その動き方によっては、両軍の勝敗を大きく左右することが少なくなかった。

新政府は、会津攻めの背後を脅かす一揆に手を焼き、この地方の巡察使として横川源蔵を派遣、周造は刑事を担当するということになった。

周造は直ちに行動を開始し、半月で二百五十人ほどを召し捕った。そのうち殺人、強盗、放火等で許すことのできないもの十一人を所成敗《ところせいばい》により斬罪とし、その他は適当に処置した。また、その時分には闕所金《けっしょ》といって、処罪したものから没収した衣類その他財貨を売り払った金は、政府に納めることになっていたが、周造はそれを土地の窮民にほどこしてしまった。金額にしておよそ三千二百両あった。

周造は刑法官に呼び出され、追及を受けた。

「その方、重罪者を処刑したのは専断越権の処置にほかならず、闕所金は政府で橋普請や道普請などにあてることがしきたり。これを勝手に処分することは公金を私するに同断」

「もとより専断とは心得ぬ、巡察使とも相談の上のこと。よくお調べ願いたい。十一人を斬罪にしたのは、いわば一悪をこらしめて万悪を知らせるため。これをことごとく東京に送って獄へ入れるとなれば、護送の手間、費用も計りしれず、兵馬倥偬《こうそう》の際にできることではない。それに……」

周造は、ひと呼吸入れて続けた。

「伝馬町獄はむごいところです。十人のうち八人は獄死する。それも軽罪の者ほど死ぬ率が高い。そういう人を新政府の名で殺して恨みをかうのは最も下策でしょう。没収金の処分についても同様、善良な窮民にこれをほどこすことは、ご一新のありがたさを知らせることになり、暴動はおのずからおさまりましょう」

周造の弁明は聞き入れられなかった。この論理は、すでに半年も前に新政府により否定されていたのだ。

鳥羽・伏見戦の後、東征軍出陣の頃の「当分租税半減、昨年未納の分も同様、来年以後のところは御取調べの上御沙汰」は、三月十一日に「年貢運上《うんじょう》、総じて租税向きの儀は、近々御確定のうえ御沙汰」に変わり、「それまでの所はひたすら鎮撫」という強硬方針が基本となっていた。

さらに八月、「一両年間は旧慣によるべし」との命令が出ていることを、周造は知るよしもなかった。

この公約無視のつじつま合わせで犠牲になったのは、江戸市内攪乱《かくらん》工作で西郷に協力した相楽《さがら》総三《そうぞう》である。幕府の追手から逃れた相楽は、京都で独自に赤報隊を組織、官軍の先鋒として、年貢半減を各地に触れながら東下した。このため、各地で民衆の大歓迎を受けたのだが、軍議があるといって総督府に呼び出され、突然にせ官軍の烙印を押された上、有無をいわさず処刑抹殺された。

周造と相楽はいずれも上層農民出身者で、個人の着想や行動に拘束を受けることなく、幕末という社会大変革期を奔放に生きることができた。周造も、本来なら利用価値がなくなった走狗《そうく》として、煮られる運命にあったのかもしれない。

官軍といっても中味は各藩が主導している。軍規違反で相楽のようなフリーランスを処分したからといって、問題視されることはなかった。周造が暴徒を私刑にかけたこともこれに似ている。

しかし、幕府にかわる新政体確立が進むなかで、これらの判断基準が微妙かつ急速に変化してゆく。国家が意識されはじめてきた段階では、幕藩体制を支えた「私」の倫理を否定し、新らたな「公」の権威を高めなくてはならない。周造が逮捕されながら、相楽のように即刻処分されなかったのは、革命進行の時計の針がわずか先に進んでいたことにもよる。

牢獄改革

周造が縛《ばく》につくのは三度目である。こんどは幕府からではなく、新政府から受ける初めての処分で、最初と同じ揚屋入りであった。前回の諸侯預けという措置は、五百石以上の武士を対象とした仕置きと定められているので、破格の待遇を受けていたことになる。前回が政治犯扱いで、今回は職権乱用罪容疑だからというのは、現代風な解釈である。

これは、権力一元化の妨害となる動きには、いかなる妥協をも許さないという、新政府の強い姿勢が表れたものであろう。それに、預けるべき諸侯が崩壊寸前であったという事情もある。

揚屋は、周造にとってすでに経験ずみの場所であったが、地獄のような環境に変化はなかった。上野の残党が押し込められた頃は、畳一枚に十八人が割り当てられていたという。

制度上、小伝馬町などの牢は、斬首や遠島《えんとう》などのお仕置きが決まるまで留め置く未決囚収監所であることは前にも触れたが、「有罪判決があるまでは無罪」とは考えず、「逮捕されるからには悪人」という扱い方がこの時代の常識なのである。

明治新政府は、元年十月晦日《みそか》になって、初めて府藩県に刑事関係の触れをだした。それは「新律御布令までは幕府の御定書によらしめる」という、秩序維持を最優先させる目的のもので、租税対策と同様に何の新味もない。

牢獄に、目に見えない変化が生じ始めたのは、代々幕府の下で牢管理を世襲してきた石出帯刀《いしでたてわき》の権力が、新政府の役人に移った頃からである。石出家は三百俵の役高で、牢敷地内に屋敷を拝領し、与力の格式を有していた。しかし不祥の役人ということで登城が許されないほか、他の旗本との交際を避け、婚姻の相手は、武家以外から求めるという差別をされていた。新政府も、さすがにこの因習を引き継ぐわけにはいかなかった。

周造は、こんどはいきなり二番揚屋の「陰の隠居」という楽な地位を当てがわれた。これは、牢名主の経験者など牢のしきたりにくわしい者がなる、以前からのならわしだ。その後間もなく、和田倉門の糺問所《きゅうもんじょ》から移ってきた信太歌之助《しぶと》が牢名主となった。

信太は、上総の国東金《とうがね》で剣術の指南をしていたが、下情《げ》に通じており、地元では博徒や人足にまで絶大な信頼があった。新政府軍にとって、房総は幕府の直轄地や譜代大名の支配地が多く、脱走軍が逃げ込んで江戸をうかがう絶好の地と見えたため、勝海舟とも交流のあった信太に謀反の嫌疑がかけられていた。

「信太さん、和田倉門は旧幕人でいっぱいだそうですね」

「夏の暑い盛りは、暑さと臭気で息ができず、代わるがわる牢格子のところへ顔を出して、はあはあいってました。ほんとに死んでしまいたいと、何度思ったことか」

「死にたいと思うと牢疫病にかかる。これは気が弱っている者にとりつくんですな。そうするとみるみるうちに衰弱して夜中の暗闇のうちに落間《おちま》にほうりこまれる。朝には成仏ですか」

落間というのは、詰（便所）の前を掘り込んだ土間の溝のようなところだ。また、夜は明りがないので、音をたてずに何をしてもされてもわからず、これも不健康に輪をかけていた。極端な場合、夜間二、三人の顔を濡れ雑巾でおさえ、落間に這わせたところを陰嚢を蹴上げて殺し、病死人に仕立てて牢内人口を減らすことさえできた。

周造は、十日ほど前に入牢してきた川住栄五郎という十七歳の若い旗本の様子がおかしいことに気がつき、信太の前へつれていった。

「川住殿の敵はどうやら『ハンプウ』さんのようですな」

ハンプウとは、しらみのこと。〈虱《しらみ》〉の字は〈風〉の半分がないので、しらみを半風子とシャレる。川住には、それも通じなかったのか、気力のないうつろな目で信太を見上げるだけだった。

「川住！」

信太の発した声は、入牢以来聞いたことのない気合いと、激しさを込めたものだった。

「貴様の着ている、うすよごれた旗本の着物をすっかり脱げ。なにをまごまごしている。ここに来て、貴様が惜しむものに何があるというのだ。着物も身分も見栄も、何もかも捨てて素っ裸になるのだ」

信太は、自分の着物を投げ捨てるようにはぎとり、立ち上がって一糸まとわぬ赤裸をさらけ出した。

「さあ、始めますか」

周造は、ものかげから貧乏徳利《とっくり》をふたつ三つ取り出すと、脱いだ着物を羽目板にひろげ、縫目にそって徳利の腹でゴシゴシとこすりつけた。

「蚊でもしらみでも、生きものを殺さぬ牢のしきたりなんざあ、ご時勢じゃないでしょ。ここにいるのは、日本国でも指折りの忠義の士ばかりだ。しらみのうらみがこわいご仁は、いっそう喰い殺された方が日本国のためになる」

これを見習って、牢内のいっせいしらみ退治が始まった。

その頃から、入牢者より出牢者が多く、以前よりよほどしのぎやすくなってきた。信太もひと月ほど後に釈放されたが、周造はその後の牢名主を置かず、ものごとを囚人の協議で決めるように変えた。また、収容者の移動も頻度を増し、揚屋に商人や仕事師が入ってくるなど、封建の遺風は徐々にかげをうすくしていった。

三年の正月のある日、牢役人の小頭《こがしら》が両手にみかんのかごを抱え、にこにこ顔でやってきた。

「まあ聞いておくんなさい。このあっしにも、名字帯刀《たいとう》が許されることになった。松戸在の大橋の出だから大橋、大橋石蔵てえと偉くなった気分だ。それから、これはお上からの下されもののみかんだ。いいご時勢さあねえ、まあゆっくりと味わっときねえ」

「大橋さま。おありがとうございます」

大牢の囚人にならって、独得の節回しのかけ声で送ると、二、三歩行きかけて戻ってきた。

「おっと、いけねえ。今日は湯浴《ゆあ》みの日ではないが、あとで特別に湯を配るから、丹念に磨きをかけといておくれ。というのは、明日捕亡《ほぼう》知事さまが巡見においでなさるのだ」

刑法官の牢立ち入りは、伝馬町始まって以来の出来事である。当日、中庭で出迎えた牢役人は、到着と同時に平蜘蛛《くも》のようにはいつくばった。知事はそれを立たせて整列させ、改めて敬礼を返した。

牢内に正座で控えていた川住が、知事の顔を見たのはその時である。

「あっ!」

なんと、知事というのは前牢名主の信太ではないか。周造もその変身ぶりに一瞬目を疑った。

格子戸をくぐり、鞘《さや》土間に入ってきた信太は、ひとりひとりの安否を気遣うように牢内を見渡し、川住に目を止めて笑顔を返した。

「去年は、ここに捕らわれの身で、諸君にも随分世話になりました。こんどは思いもかけず、全く逆の立場のお役目を申しつかることになりました。牢の苦労を知っているわたしが引き受けたからには、だれひとり無駄死にさせるようなことはしない。十分に安心し、体をいたわって下さい」

信太自身、想像もしていなかった職務についた。こんな演出ができるのは、中央政界から遠ざかったとはいえ、薩摩出身者に多くのコネを持つ海舟ぐらいしかいない。周造は、海舟ならばそんな周旋をしかねないという気がした。

信太の後ろ姿を見送りながら、ふと見ると、川住が目にいっぱい涙を浮かべている。

「石坂さん。これが、これがご一新でございましょうか」

「そう、ご一新はお上だけのことではない。ひとりひとりの胸のなかにもある。それが、下じもまで積もり積もらなければ、ご一新ではない。貴公が感じたご一新は、生涯貴公のものになる。大事にしときなさい」

周造は、その後間もなく「申し訳あい立つ」として、一年半ぶりに釈放された。革命の戦火はおさまり、新政府の基盤づくりが始まる。この段階で、もはや周造を牢に置いておく政治的意味も、釈放にともなう実害もほとんどなくなった、ということなのだろう。

周造にとって三度目の解放である。過去二回と違って周造を待ち受けたのは、尊攘の同志でも内戦の危機でもなく、緊張の解けた平穏な東京のたたずまいであった。周造は、広野に放たれたような自由を感じながら、頭の中がまっ白になる虚脱感をぬぐい去ることができなかった。

しかし、それも一瞬の間だけであった。ご一新を支えたのは草莽《そうもう》のエネルギーである。農民も町人も、ふたたび世が後戻りすることがないことを信じており、淡い期待に支えられながら、日々変わらぬ営《いとな》みに励んでいた。

周造を救ったのは、そのような庶民の姿であった。

開花の天

再出発

周造の落ち着き先は、日本橋に近い神田で町家の長屋の一角。山岡鉄舟の義妹、桂子がひとりで周造を迎えた。狭いながらも掃除が行き届き、ふたりで暮らす所帯道具も揃えられていた。

「お桂さんは、お兄様とご一緒に駿府においでかとばかり思うておったよ」

「徳川八百万石が七十万石になり、大勢の直参方もお移りになったので、静岡はそれはもう大変でございます。江戸で大きなお屋敷においでだった方でも、お寺をいくつかに区切って住まわれたり、なかには馬小屋を手入れして雨露《あめつゆ》をしのいで、ご不自由をなさっておいでのところもあります。急に人がふえたので、何につけ、物も不足気味で、物価がどんどん上がっていると申します。私のような穀《ごく》つぶしは、東京にいろと兄からいわれていました」

周造と桂子が夫婦の契りをしたのは三年前、大名預けを解かれて鉄舟を小石川の自宅に訪ねた日のことだった。その後周造は戦乱終息に奔走し、そして三度目の獄中生活を送った。こうしてふたりだけの空間で、夕餉《ゆうげ》の支度をする「妻」の姿を見るのは初めてである。

「苦労をかけたなあ」

声にはならない周造の思いが桂子に通じたのか、

「女にとっては、争いや戦のないのが一番。ご一新でそうなればありがたいことです」

と、ひとことつけ加えた。

牛鍋の甘ずっぱい匂いがあたりにただよった。牢でもこの頃には時として牛肉の差入れがあり、とりたてて珍しくはなかったが、まだ一般化しているとはいえない。体力の回復を願った桂子の心づくしであろう。

ささやかな祝いの膳も桂子の容姿も、ことさら新鮮なものに感じられ、周造の気持ちを浮き立たせた。

「もう牢屋だけは願い下げとするさ。牢にいたんじゃ世のなかからおいてけぼりにされる。格子の隙間からでは、こんな移り変わりの多い時代を追いかけきれるもんじゃない。俺もどうやら日本国の大普請に間に合ったような気がする」

ケットやメリヤス、そしてズボンなどという外来語が飛びかい、洋服や断髪《だんぱつ》姿もめずらしくなくなった。たしかに、ここ何百年来なかったためまぐるしさで世間が動いている。

「町で見たランプという西洋行灯《あんどん》、あれには驚いた。白日と同じようにすみずみまで物が見える。牢屋の見張り台にひとつつけておくだけで、牢のしきたりからなにからすっかり変わるだろうよ。

死人が減ることだけは、まず請け合うね」

「横浜では、もうちょっとしたお店にもついているそうで、油は鯨油《げいゆ》とか石炭油《せきたんゆ》という舶来のものを使うそうです。ただ値の方は種油の倍はすると申します」

何両何分というお鳥目《ちょうもく》は前のままだ。しかし、その何割かはにせ金だという。太政官札《だじょうかんさつ》という紙っぺらに「金十両、通用十三年限」などと書いたものもある。これはどういうわけか評判が悪い。イギリス公使パークスは、外人所有の一分銀、二分金のうち、悪貨二十三万五千両を、政府に怒鳴り込んで正貨に取り替えさせた。そのほかに貿易がさかんになるにつれて、洋銀のダラ、中国の元、日本では円という銀貨の単位も使われ始めた。ランプの油は、一斗《と》（十八リットル）で六円以上もする。

ギヤマンの瓶のなかで、夜をあざむいて輝く石炭油の炎。日本の財貨が何も残さずに暗闇のなかに消えていく。周造にはそう思えた。

内戦の危機を回避するため、ともに働いた鉄舟は、静岡藩々政輔翼という地位にあり、勝海舟らと一緒に、徳川家の存続と旧旗本の生活を維持することに全力を上げていた。牧の原の開墾は、今日の遠州茶の基礎となり、清水次郎長と知り合って殖産を手伝わせたという逸話もこの頃のことである。

尊王攘夷を目指したかつての同志も、すでにそれぞれ別の道をたどっている。新戸籍法が明治五年二月に実施されて、周造は静岡県士族山岡鉄太郎付籍、士族石坂周造ということになった。そして既に婚姻関係にあった妻桂子と、先妻との間にもうけた子供も、同時に戸籍に入れた。

周造は、浪士ということになってはいたが、別に誰からも士分にとり立てられたことはない。この時、初めて公認の士族となったが、前の年に廃藩置県が実現していたため、君主を持つわけでも扶持にあずかれるわけでもなく、浪士を追認されたようなものだった。周造は、革命後も依然として浪士であり、志士であることに変わりなかった。それが周造に弾力的な発想と行動の自由、それに活力を与えることになった。

物換わり星移る開花の天
人情一変して従前と異なる
当時富国強兵の策
干戈《かんか》にあらずして貨泉にあり

周造の新しい目標は、攘夷ではなく「克夷《こくい》」である。欧米に太刀《たち》打ちできる国家にするためには、日本の経済力を高めるしかない。革命の成果をそこへ持っていかなければと考えた。それならば、どこに働きかけ、どう仕掛けるかなどとは考えない。主体はあくまで一個の自分である。これは、脱走兵説得に軍隊を使おうとしなかったことと同じ発想であった。
戊辰戦争は、すでに明治二年五月十八日、蝦夷《えぞ》で榎本武揚が降伏したことにより終結していた。仙台から榎本と行動を共にした大鳥圭介も同時に捕縛され、以来、大手前の軍務局糺問所《きゅうもん》の牢中にあった。この糺問所は、大鳥がかつて歩兵屯所として建造したもので、毎日ここへ出勤し、整列した番兵から捧げ銃で迎えられた所である。

大鳥は、行軍中と同じように、身のまわりのできごとを淡々と記録し続ける。変化の少ない牢中では、漢詩や和歌を作ることが多くなった。

訣飲一杯哭執槍　従容戦没幾忠良
五稜郭上無情草　千載空留侠骨香

この大鳥の詩は、箱館《はこだて》戦争終結前夜を想起して作られたものであろう。

榎本武揚は、政府軍の包囲の下ですでに戦線立て直しの見込みはなく、北海道に自治政府を持つという、自らの構想が挫折に終ったことを知った。そして、軍人として、指揮者として自ら採るべき道を模索した。

榎本がオランダから持ち帰った『海律全書』は、彼にとって命に比すべき書物であったが、戦火に失われることを恐れ、日本海軍の将来のために政府軍に送り届けることにした。

これを知った海軍参謀黒田清隆はその志に感動し、榎本への尊敬の念をますます深いものにした。早速礼状に酒五樽を添え、榎本の陣へ送らせた。榎本は、最後まで残った八百人を無益に死なせることを避けるため投降を決意し、この酒で疲れはてた将兵とひそかに決別の杯をかわした。

五稜郭開城にあたり榎本が詠んだ漢詩は、次のようなものである。

孤城首将陥　軍紀乱如糸
残卒語深夜　精兵異往事
単身耳就戮　百歳愧愆期
成敗兵家事　何須苛論為

絶望、悲嘆、悔恨《かいこん》に身を裂かれるような複本の苦悩は、前掲の大鳥の詩からはうかがえない。明治革命が人命を損なわずに成就《じょうじゅ》したというのはうそで、鳥羽、伏見の戦いから五稜郭まで、民間人を含め八千数百人という日清戦争以上の犠牲者の上にたっている。この事実は、官軍に最後まで抵抗を続けた敗軍の将の肩に重くのしかかっているはずだ。

榎本と共に、逆賊としていつ処刑されるかもしれない境遇にある大鳥は、筆や墨を取り上げられると、ほごを水でといて墨汁がわりにし、獄吏の目を盗みながら、差入れられた鼻紙に詩や日記を綴り続けた。

すべての事象を客体化する、そして丹念で冷徹な観察記録のなかに、感情と意識を埋没させる。それが大鳥の持ち味なのかもしれない。過去や将来より現在を強靭《きょうじん》に生き抜く大鳥の体質が、ここでも発揮されている。

薩長土肥に続いて各藩が版籍《はんせき》を奉還し、官制改革も実現した。しかし、新政府はつぎつぎとふりかかる難題の処理に追いまくられた。生活基盤を失った士族の各地での不穏な動きや、ご一新に幻滅を味わった農民の不満をそらしながら、軍隊をはじめ幕藩体制にかわる新制度を確立してゆくこと、通貨の安定や信教の自由などを求める外圧の高まりをかわすことなどであった。

このなかで、榎本らの処置をどうつけるかの結論は先送りされたままとなっていた。

「不忠の臣を懲《こら》し、国家の大典を挙げ、以て天下後世をして賞罰の当を知らしむを要す」

という厳罰派は、木戸孝允《たかよし》らの長州勢である。二年九月二十六日の岩倉右大臣から大久保参議にあてた書簡のなかに、榎本等は「素《もと》ヨリ死罪然リ」とあり、複本らの命も風前のともしびであった。もっともこの時期、九月四日に榎本らの追討の指揮をとった大村兵部大輔《ひょうぶたゆう》が不平士族に襲われ、死の床にあったため、強硬論が勢いづいていたこともある。

榎本危し、と知った黒田清隆は、頭を丸坊主に剃り数珠《じゅず》を首からかけた姿で、

「自分は世を捨てて仏門に入る覚悟である」

といって、各方面に助命の陳情に回った。

三年末に黒田は欧米出張を命じられたが、留守中に榎本らが断罪されることを恐れ、三条太政大臣に対して、

「聖上寛仁ノ徳ニ感ジ、終《つい》ニ軍門ニ降伏ス。既ニ降ヲ受ケ是ヲ東京ニ護送シ、又是ヲ殺セバ、則チ条理ヲ失ヒ、千載青史ニ愧《はじ》ルアリ。故ニ死一等ヲ宥《ゆる》メ、朝典ヲシテ欠失ナカラシムヲ適当トスル」

と具申した。

榎本、大鳥らの無罪が言い渡されたのは、明治五年正月六日である。これには、西郷隆盛の力

にあずかるところが大きかったが、黒田の献身的な運動に支えられていたことはいうまでもない。

榎本釜次郎
其方儀悔悟伏罪に付揚屋入り被仰付置候処　特命を以て親類御預被仰付候事
糺問正　黒川通軌奉行

壬申正月六日

榎本は親類預けとなったが、松平太郎、荒井郁之介、永井玄蕃、沢太郎左衛門それに大鳥は、即刻赦免の申し渡しであった。これを待ちかねたように、黒田開拓使次官は五名の出牢者に、芝山内にあった開拓出張所へ出頭を命じた。

五人が通されたさして広くない部屋は、およそ役所とは似つかわしくない環境のなかにあった。

黒田は昨年渡米した際、グラント大統領の紹介で農務局長のケプロンを開拓の指導者として招いた。その手始めとして、実験農場東京官園がつくられた。黒田は暇をみては官園を見回り、農民に話しかけた。農民たちは、黒田を「じかんどの」とあだ名した。政府高官が視察に来ても、直接話すことなど思いもよらなかったが、黒田とは、じかに話せることからきている。

黒田が部屋に入ってきたとき、一同はそれと気づくいとまもなかった。箱館戦争の敵将、命の恩人、そして今や新政権の実力政治家である。松平はあわてて居ずまいを正した。

「このたび一同、早速お礼言上に伺候《しこう》いたすべきところはばかりある身なれば……」

黒田は、それをさえぎるように口を開いた。

「長い間ご苦労なことでごわした。勝手を申してすまんと思うとりますが、過去のことは一切捨てて、黒田の頼みを聞いて下さらんか。

日本国は、いま外国人の知恵を借りております。これは一刻も早く外国に太刀打ちできる日本国をつくるためです。借りた知恵を使うのは日本人でなくてはならぬ、でなければ外国人に使われる日本になりもそう。そこでお前さまがたに、すぐ仕官をお願いたい。お国のためにとはあえて申すまい、とりあえず黒田におまかせいただけませんか」

大鳥が開拓使奏任出仕《そうにんしゅっし》を仰せ付けられたのは正月十二日、しかも、永年入牢の身体につき加養のため当分出勤に及ばず、との厚意に満ちたものであった。榎本も三月六日に謹慎がとけ、八日付で開拓使四等出仕を受けている。四等出仕とは、中小県の知事に相当する地位である。

榎本は、朝敵の汚名を受けて戦死した多くの部下や、命を長らえても不遇の立場から抜け出せない人々のことを考え、自らも旧幕臣としての節操をどう守るかなどに悩んだ形跡がある。大鳥らが出獄する際、求められれば朝臣として仕官の道をとるにしても、軍事部門での協力は辞退しようという申し合わせをしていたといわれる。

大鳥には、身につけた学問が評価され、またそれを支えてくれる組織が必要であった。幕臣となったことも、脱走に参加したことも、榎本と行動を共にしたことも、すべてこの規範からはずれるものではなかった。旧幕臣はもとより、倒幕に功のあった各藩の武士ですら失業の憂き目をみているなかで、大鳥は新しい環境に難なくとけ込んでいくことができた。

二月十二日、大鳥は大蔵少丞《しょうじょう》兼務の資格で、おりから外債募集のため渡米する大蔵少輔《しょうゆう》吉田清《きよ》成《なり》に随行することになった。

開拓に必要な鉱業関係の調査や機材の調達には、大鳥の語学力が必要であるという黒田の意向は、江川塾の旧師・大鳥に対する精いっぱいの好意であった。そして、当時アメリカでブームを巻き起こしていたロックオイル、すなわち「石油」についての調査・研究も任務の一項に加えられていた。

吉田の使命は、大名や武士に与えられていた禄を、新政府が買い取るための資金集めである。さむらいの時代の終焉《しゅうえん》はまさに目前に迫っている。

大鳥は武士そのものに何の未練もない。仕官と出世の新しい門出に、勇躍船の人となった。

異人の来訪

周造は出獄後の一年半、医者と小さな私塾の経営で糊口《ここう》をしのいでいたが、革命後の日本にとって、自分の能力が欠くことのできないものであると信じて疑わなかった。そして、桂子にとっては、貧しいながら最も平和で幸福な期間であった。

〽ヘボンさまでも草律の湯でもー
どっこいしょ

外出先から戻って、そのまま銭湯でひと風呂あびたてきた周造は、気分よさそうに桂子の待つ食卓についた。

「ヘボンさまがどうかなさいまして」

「ヘボンの所へ昔なじみの漢方医が出入りしている。それと久しぶりに会ったので、よもやま話に花が咲いたというわけだ」

「ヘボンさまは、歌舞伎役者をお助けなさってから、たいそうの評判でございます」

「女形《おやま》の沢村田《た》之助の右足を切り取ったことか」

「おや、お留守中のことなのによくご存じで」

「なあに下《げ》世話のことなど、牢屋の方が娑婆《しゃば》よりひとあし早く伝わってくるほどだ。もっとも芝居見物などしたことはないが、百聞は一見にしかず、近ぢか行ってみるのも酔狂《すいきょう》だな。今日はいろいろな話を聞いてきたよ」

「正月には、村山座で一世一代の舞台を踏むという噂ですが、よくつとまるものですねえ」

「代わりの造りものの足をアメリカにあつらえてそれをつけたが、生身《なまみ》の足のようにはいかんようだ。痛さをこらえ、片足で舞台をつとめたりする姿を見て、あやしいとか痛ましいといってまた人気が高まる。ヘボン先生は、彼が酒を飲んで相変わらずのみだらな生活を続けるようじゃあ、この先は長くない。手におえん奴だと匙《さじ》を投げられたとさ」

「まあ、困った性分だこと」

「脱疽《だっそ》と聞いただけで、普通の人なら死ぬことを考える。その足を切り取るとなると、麻酔という眠り薬かしびれ薬のようなものを使って切るのだが、それも使わずに目の前で平気で切りとらせた。なんと気丈な女形じゃないか。

舞台に出るようになっても、せりふを忘れた役者を罵《ののし》って大喧嘩をしたり、左団治の大阪弁なまりを叱ったりして始終悶着を起こしているいるそうじゃないか。体じゃなく魂魄《こんぱく》が芝居を続けているようなものだな。なにもかにも変わる世のなかで芸道は変わらない、客が求めるものなら変えてなるものかという意気込みもまたたいしたものだ。芸人でもここまで来れば、並の武士と真剣勝負をしても、そう簡単に負かされることはあるまい」

「まあ、すっかり芝居通におなりですこと。お医者の話ではなかったのですの」

「は、は、は、医者はもうやめた。これ以上続けたら奥医師石坂の名に傷がつく。こんどは鯨だ」

「くじら……、でございますか」

「いや、今日の話はヘボン先生の所のタムソンという宣教師が、俺に会いたいといってる、会わんかてえ話さ。医者ばかりか攘夷の方もすっかり色あせてしまったなあ。義兄《にい》さんが聞いたら大笑いなさるだろうよ」

周造は、事業としての鯨猟に秘かに関心を持っていた。そこへ突然のタムソンの話が出てきた。アメリカ人なら誰でもいい、それに関する知識を聞き出すいい機会だと思った。

鯨猟に関心を持った理由について、周造は後日こう語っている。

「日本に鯨猟が必要だと考えたのは、陸軍ならば、鍬や鎌ででも外敵の二人や三人は倒せるし、大和魂のあるほどの者なら、そうでなければならず、また事実そうなのだ。しかるに海軍となると、軍艦に頼らなくてはならないのに、それが少ないばかりか、航海術もまた幼稚である。これを政府にだけ頼っていては、いつ充実されるかわからない。

鯨猟船はその頃九万ドルで買えた。有事には斥候《せっこう》船として役立てるし、平時には鯨猟で国益をはかることができるからだ。自分は軍事に関心が深かったので、国防的見地からの妙案でもあった」

この発想は、日清戦争以後、第二次世界大戦終結まで続いた国防思想の底流に符合しすぎており、周造が当時そう考えたとは、にわかに信じがたい。しかし、勝海舟が力説した海防論などが、この頃では常識化してきていたので、その線から思いついたものであろう。

それはともかく、周造は初めて会う異人ということで、持ち前の好奇心の方が先に立った。

タムソンは、ヘボンが文久年間に開いた横浜の英語塾で、授業を手伝っていた宣教師である。大鳥圭介が生徒のひとりであったことはすでに触れた。その後聖書翻訳の合同作業にたずさわり、この頃は、その一部を刊行する準備に追われていた。

しかし依然として切支丹《きりしたん》禁制は解けず、信者への迫害が続いているため、公然とした伝導活動ができなかった。ヘボンやタムソンは、本国政府をはじめ各方面に精力的な禁教令廃止の働きかけをしていた時期である。

ある日、タムソンは通詞《つうじ》もつれず紹介者の医師とともにやってきた。

「石坂さんにお会いできて、たいへん幸せです。石坂さんはお国のために何度牢屋に入っても、信念をまげずに尽くされた立派な方です。私はそのことをよく知っています」

「いや、石坂は攘夷の暴れん坊だから命をねらわれないよう用心しろ、と誰かからいわれませんでしたか」

「いいえ、私の命は神の与えたもうたものです。その私が信頼した人が私を害するはずがありません」

タムソンは周造の目を食い入るように見上げ、静かにほほえんだ。

タムソンとの会話は、みかどのこと、大君《たいくん》すなわち旧将軍のこと、仏教用語や教育、医療のことなど多岐にわたった。布教にかかわるような話は出なかったが、周造は、彼が日本人をより深く理解したいと真剣に考えていることだけはわかった。

周造が関心を持っていた鯨猟は、文久二年に中浜万次郎が幕府の許可を得て事業に乗り出しており、周造が初めてではない。タムソンの意見も、アメリカで一時ブームの感があった鯨猟だが、鉱物油の進出で鯨油の値がさがり、必ずしも将来性のある事業と言い切れないだろうということであった。

ふたりの会話はとめどもなく続いたが、そのうち、タムソンは床の間に置いてある小瓶に気がついた。なかに透明の液体が入っている。

「これは何ですか、石坂さん」

「ああそれは、草生水（くそうず）です」

タムソンは瓶をふったり匂いをかいでみて周造にいった。

「これはコールオイルですね石坂さん。多分、アメリカから輸入したものでしょう」

「いや、それは信州産。日本の長野県で地中からとれたということです」

「それは本当でしょうか、かなり上等のオイルですね。私にはちょっと考えられない」

「お桂、竹田はいないか。いたら呼んでくれ」

周造の塾生で、書生として住み込んでいた竹田三郎が呼び出された。

「タムソン先生にこの瓶の顚末をお話しして差し上げろ」

「竹田と申します。私は以前、長野で医師の山下真斎先生のお世話になっていたことがあります。その頃、私も善光寺の北の方で、くそうずが出るという話を聞いたことがありますが、山下先生は何事につけても研究熱心な方で、くそうずについてもよくお調べになっていたようです。

私が上京してから、石坂先生の所でお世話になっていることをお聞きおよびになり、去年の暮れでしたか、お手紙を頂戴しました。それは、長野のくそうずはしかるべき技術と資本を投ずれば、見るべき産業に発展するだろう、そのため石坂先生や、まだこちらにお見えになりませんが、山岡先生がおいでの節に、お力添えがいただけるよう話してみてくれ、とのことでした。ついては、見本を島田龍斎なる者に持たせるということで、先日届いたのがこれです」

「あなたのことばに偽りはない、とするとこれは大変なことに違いない。越後でロックオイルが出るということは、聞いていました。ヘボン先生のお弟子さんの岸田吟香《ぎんこう》さん、横浜の中川嘉兵衛さん、それに越後の久須美さんが越後でロックオイルのことを調べてみたい、といって政府に願い出たそうです。去年の秋から準備をすすめていると聞いていますが、長野の話はこれとは違います。

ロックオイルは、黒いドロドロしたものです。それにいろいろ手をかけて、ランプに使えるきれいなコールオイルができる。アメリカ人は、それを造るため大変苦労をしました。ロックオイルからコールオイルは僅かしかとれません。それをニューヨークで船に積んで大西洋をこえ、アフリカの南端希望峰を回ってインド洋、そして香港に着きます。そこで荷揚げした残りが日本に来るのだと思います。どうしても二百日はかかるでしょう。その間に難破する船も少なくありません。コールオイルが高くなるのも無理のないことです。コールオイルと同じようなものが長野の土のなかから出てくれれば、船の運賃なしですぐに売れる。香港やインドまで運んでも、まだアメリカ産より十分安く売れることになります。石坂さん。これは神が日本国に、そして石坂さんに授けたもうたお恵みに違いありません」

ロックオイルは現在でいう原油、コールオイルすなわち石炭油は、灯油にあたる。

タムソンは息も切らさず続けた。

「アメリカが富強になったのは、ロックオイルがたくさんとれるようになったからです。あなたは、オイルビジネスをお始めなさい。あなたが長い間、牢で苦労されて、天帝がこれをお授けなされた。どうか、この天意がかなうようにと私もお祈りします」

周造はあっけにとられたが、鯨を追って大海原を駆けめぐる雄姿を夢見ていただけに、山師の片棒を担ぐような仕事をする気にはなれなかった。

タムソンは、桂子の出した茶菓をほめながら残らずたいらげ、

「私は来日して十三年になります。あなたのように、国や人の幸せのために苦労を重ねた人と会えて、何のわだかまりなくお話できたことは、初めてといってもよい嬉しいことでした。どうか、長く友だちとしておつきあいください」

と、いい残して帰っていった。

翌朝、かねて捕鯨船購入の資金のことで某家をたずねることにしていた周造は、桂子の見送りの声を背に、やせ馬にまたがって南に向かった。三丁ほども来たところで、タムソンがやってくるのが見えた。

「先生、今日はこれからどちらへ」

「石坂さん、私はあなたのところへ伺うつもりで来ました。だから、どうかあなたは家にお帰り下さい」

周造は面くらった。日本人ならこういった言い方はしない、とは思いながら馬を返した。

まだ門口のあたりにいた桂子に、タムソンは愛想よく挨拶した。

「おはようございます。夕べはよく眠れなくて、また参りました」

座についたタムソンは、改まって周造に切り出した。

「きのう、あなたと親友の交わりをしようと約束しました」

「さようです。たしかにそうお約束しました」

「それではお聞き下さい。きのうおすすめしたオイルビジネスをもう一度おすすめするために、ここへ来ました。あなたが、この勧告を用いないでおくことはできます。しかし、そのためにあなたが天機を失って、お国の利益にならなくなっても、それは自業自得《ごう》というものです」

周造は、タムソンの静かな一語一語に、人を捕らえて離さぬ誠意と気迫を感じた。かつて動乱の時期に、周造自身が対話で人の心理をつかみ、無益な交戦を回避したり、機敏に危機を乗り越えてきたことと相通ずるものがあった。

「先生、降参しました。実はお察しのとおり、オイルをやる気などなかったけれども、こうやっておいでくだされた精神に感じ、今日ただいま、オイル事業に決心しました。それにしても私は昔、仲間と横浜で異国船を焼討ちにしようという相談をしたことがあります。その時、くそうずを集めて海に流し、火をつけるという話がでました。だがそんな大量のくそうずを何年かけて誰が集めるんだ、ということで沙汰やみとなりました。まさかこれから私が事業にしようとは……」

「おお、石坂さん。今度はそれで私を焼討ちにしないでくださぃ」

タムソンのおどけた口調に、はりつめた緊張が解け、大笑いとなった。

タムソンは、いくつかの周造の質問に答え、今後必要な協力を惜しまないといって石坂家を辞した。

周造はタムソンを送り出した桂子に言った。

「日本の坊主など、どうも薄情であまり親切でないのに、ヤソ教宣教師というものは実に親切じゃあないか。キリシタン禁制は、いずれ解けるに違いない。そうなると、政府が神道をはやらせようとしているから、ますます坊主どもの立つ瀬はなくなるぞ」

「これから、またおでかけなさいますか」

「ああ、こんどは向島だ。長野県令の立木兼善が来ているはずなので、早速、くそうずの事業についで聞きに行ってくる」

周造は馬の頭を北に向けた。

くそうず

石炭油への道

くそうずは臭い水、漢字で草生水などと書く。現在は一部の地名として残るだけで死語となった。

原日本人と石油の出会いは、はるか縄文中期にさかのぼる。彼らはアスファルトが、槍やもりの穂先に石器や骨器をうまく固定し、土偶《どぐう》に宝石の目玉をつけ、こわれた土器を修復する万能接着剤であることを知っていた。また、熱を加えることにより自由に成型できる性質を利用し、晩期には植物で編んだ籠に貼りつけて、表面を漆で仕上げるという芸術品まで作った。これらはまさにプラスチックスとしての利用法である。

その原料は、秋田県などにあった天然アスファルトの池から求めたものであろう。天然アスファルトは、地上ににじみでた原油のうちガソリン分など軽い成分が自然に蒸発し、最後に残ったアスファルト分が長年にわたって層をなしたものである。

燃えるということについては、天智紀七年、越の国から大津の宮に「燃土燃水」を献上したという『日本書紀』の記録がある。江戸時代に入ると、越後の文人鈴木牧之《ぼくし》が書いた『北越雪譜』その他で、越後七不思議に「くそうず」や「かぜくそうず」（天然ガス）があることが、広く知られていた。

その経済性について、江戸中期の有名な儒者伊藤東涯が、

「ともし火に点ずれば、光明常の油の如きなり。価甚廉なり。人臭を悪《にく》みて、旁近の村落には用うれども、遠方へは至らず」

と書き残している。事実、窪地の水溜りに浮いた僅かな原油を、草などですくって採取し、売りさばく稼業が越後では成立していた。

中国やインドネシアでは戦争に使われた例があるというが、榎本武揚が幕府の命でオランダ留学に向かう途中、オランダ船甲必丹（カピタン）から聞いた話として、くそうずのことを日記に残している。

「同島（ジャワ島）にアールド・オーリー出ずるといふ。これは本邦越後の所謂クソーズの油と察するに同種なるべし。この油にカルキ（石灰）を和して前の所謂カポック（木綿の樹）のワタを和して船の喫水処に塗るに、自然石の如く堅くなりて極めてよしと云々」

これが文久三年のことである。「洋燈《ランプ》に用うるに極めてよし」という認識は、まだなかったようである。

この年（一八六三年）、アメリカでは、ロックフェラーが石油事業を手掛けはじめ、彼独得の商才により、石油が国際商品化する端緒をつかんだ。

スイスで発明されたランプの燃料は、当初は鯨油であった。その後イギリスやアメリカで、石炭を乾留して液化し、そのなかから、燃料に適したものを取り出す方法が工業化された。これがコールオイル（石炭油）と呼ばれ、ランプの普及に貢献した。

しかし、一八五九年にドレークがペンシルベニアで大量の石油を掘り当て、それが「石炭油」の原料にとって代わるのにそれほど時間はかかからなかった。ロックオイルは、安い上にランプの輝きも動植物油とは比較にならない。それにアメリカ人のフロンティア・スピリットがあいまって、ランプは、またたく間に世界に広まった。


長野でくそうずを事業化したいという周造の話を聞いた県令は、

「くそうずが出るということは聞いたことがあるが、本官もまだ見たことがない。明日属僚が長野に出向くことになっているから早速調べさせてみよう」

と、好意的に答えてくれた。

くそうず採掘の願書を提出していた周造のもとへ、

「書面願之趣聞届証券下渡候事」

という書付が届いたのは、それからひと月ほどしてからだった。鉱区は善光寺裏の伺去真光寺《しゃりしんこうじ》村である。周造は、捕鯨事業の資金計画を早速石油に切り替えた。

静岡から上京していた勝海舟に呼ばれたのは、現地視察に赴く準備のさなかであった。

「信州へ行ってくそうず掘りをやるって聞いたが、本当かえ。ちっとも知らねえもんだから呼びにやってしまったが、すまんことをしたね。実はその用向きなんだが、大阪の造幣寮に勤めてみる気はねえですか」

「大阪のゾーヘーリョウ……」

「そうです。日本は悪貨通用ですっかり外国の信用を落としてしまった。そこで例によってご親切なパークスさんのお出ましだ。イギリスのバンク（東洋銀行）から造幣機械と造幣技師をもってきて、それでぐーんともったいをつけた円の金貨、銀貨をお造りいただくのはいい、そのあとがいけねえ。日本政府は、バンクおよび雇用外国人に報知せずして、造幣寮より貨幣を搬出し、もしくは鋳造せざるべし、なんてえぶざまな一札をとられてる始末でしょ。日本国のお金を作るのに、政府が信用できねえとはべらぼうな話だが、ついこの前まで町の小悪人はおろか、薩摩、土佐、筑前の大殿様から政府まで、堂々とにせ金づくりに精だしていたお国柄だ。威張った口はきけねえわけだが、口惜しかあねえかい。

イギリス人に財布を握られるようになっては、日本国もおしめえてえことでしょう。ここはひとつ、石坂さんのような骨のある人に、にらみをきかしてもれえてえところなんです」

海舟が持ち込んだ造幣寮仕官の話は、単なる失業救済ではなかった。周造が答えずにいると、さらにからだを乗り出すようにして続けた。

「どうです、長野をやめて政府のためひと肌ぬぐのは。石坂さんに、山師のまねごとは向かねえでしょう。大阪はお嫌いかえ」

歯に衣を着せぬいつもの調子だ。

「昔、商人を脅してかねをまきあげていた盗人同然の石坂に、おかねの番をしろとおっしゃるほどお目をかけていただくとは、身に余ることでお礼の申し上げようがありません。ただ、役人になる気は毛頭ありません。

昔、お定書《さだめがき》を律儀《りちぎ》に守った役人のおかげで死罪を免れたことがありました。つぎに別の役人は、ほご同然になったお定書をふりかざして私を牢にぶちこみました。それ以来、役人というのは自分の考えを持たずに仕事をする、それが本当にお国の役にたつことか、人々が幸せになれるかどうかなどは判断しない、というものなのだと思うようになりました。お国のための仕事は、身分のあるなしではありません。その証拠にお国の宝をきっと持ってきてご覧に入れます。それができなかったときは、盗人《ぬすっと》のつぎは山師《やまし》になり果てた、とお見限りください」

周造の出発は、にぎにぎしいものだった。石炭油の見本瓶を届けた島田龍斎が案内役となり、石坂塾の書生竹田三郎など十人を供に、本人はかご仕立てで先触れをしながら長野に向かった。

途中、島田を呼んで、できるだけの予備知識を得ようと心がけた。

「見本はくそうずに相違ないのか。タムソンは、石炭油と同じものだといっていたが」

「いいえ、くそうずそのままではありません。やはり石炭油に製造したものです」

「石炭油の製造機械は五万ドルもすると聞いているが、お前の見込みはどうか」

「ただの三千五百円で私が製造したものです」

「たいしたものだ、お前の知っていることは何でも教えてくれ」

中山道の暑かった道中も碓氷峠《うすい》を越えてから、快い涼しさに迎えられ、一行の足取りは速まった。

上田にさしかかった時、島田が突然周造の前に手をつき、

「ここから先は、ご案内をいたしかねますので、どうかみなさま、そのままお進みを願います」

と、いいだした。

「なに、ここまできて貴様が案内できないとあっては、盲人が杖を失ったようなものではないか」

「申し訳ありません。私はにせ金使いのお尋ね者でここからさきに行くと縛られます」

「ううーん、不らちなやつめ。その筋へ突き出してやってもいいが、石坂の案内人がにせ金使いでは、県令に顔向けができない。これを持ってとっとと消え失せろ」

周造は海舟の話を思いだして苦笑したが、小銭をつかませ、さらに問い正した。

「まて、石炭油を貴様が製造したというのも偽りであろうが」

「へい、くそうずの出ている所を逃げてる最中に見つけたことはありますが、製造したことはありません。信濃から逃げ出す金ほしさに山下先生にくそうずの話をし、江戸へのご用をこれ幸いとばかり買って出ました。偽りを申してお連れしたことは、たとえお手打ちにあってもいたし方ないこと、本当のことを申し上げましたのでどうかご勘弁を」

散髪《さんぱつ》、廃刀がゆるされ四民平等のお触れがでていて、手打ちになどできない時代に変わったこ

とは、承知のうえだ。

「石炭油を製造したのは、大谷木赤城という者で、この先戸倉《とくら》に宿をとってお迎えする手はずになっております。いえ、本当でございます。ただお届けした石炭油は、にせものでございます。実は、山下真斎様からお預かりした瓶は碓氷峠あたりで落してこわしてしまいました。それで、石炭油ならば、東京でも横浜でも買えるからそれを持てばわかるまい。だから瓶も本物とは違う……」

竹田が血相をかえて島田の胸ぐらに食らいつき、地面に押し倒した。

「おのれ、おのれが」

「竹田、離してやれ。なんというたわけたやつだ。二度と顔を見せたら容赦はせぬぞ」

もともと周造は信州の生まれだし、竹田も知らぬ道ではない。不案内なのは、石炭油について知識を持つ者が誰もいないことである。戸倉の宿に着くと、前触れも行き届いていて島田のいったとおり大谷木が名乗りでた。

「私が大谷木です。このたびは遠路のお運びかたじけのう存じます。山下先生は上方の方へおいでになって、あいにくお留守ですが、私に何なりとお申しつけ下さいませ。ご案内申し上げます」

周造もすっかり気を取り直し、旅装を解いて一行に酒を振舞うことにした。ここが温泉地として賑わうのは三十年も後のことになるが、善光寺まではあと一日の行程である。谷をきざみ岩をかんだ千曲川の流れも、ゆったりと豊かさを増す。周造は川面に見とれながら、まだ見ぬ事業地にしばし思いを馳せた。

周造一行が長野に到着したのは、九月に入ってからであった。早速、立木県令に面会して挨拶をした。また大谷木のすすめもあったので、伺去真光寺村の役人山崎与市に、現地到着の挨拶として酒二斗五升と鱒《ます》二尾《ひき》を届けさせた。

翌朝、長野の宿を出て善光寺の前を通り、現場に向かった。伺去真光寺村に着くと周造は小高い土手にのぼり、手掘りされている出油地帯を見おろした。

山すそから平地の畑にかけて点在する、わらに覆われた四角錐型の掘立小屋が油井戸で、煙突を立てた板葺の製油所らしい建物も、山ひだにはりつくようにいくつかあった。くそうず稼業はすでに他人の手で始められている。

周造は筆を持ってこさせ、半紙に見取図を書きはじめた。道を書き、井戸や建物を配し、道を通る人や絶壁の松まで山水画風に添えた。

「ここの稼業は、誰の手になるものか」

「はい現在、新井藤八と申すものが手掛けております」

周造は、大谷木の言ったことを絵図面に書き加えた。続いて乾溜製場、製造場、炭部屋と称される小屋を見て歩いたが、どこにも人影はなかった。周造が地元から歓迎されていないことは、間もなくはっきりする。

現地から引き上げようとしていたところへ、羽織を着た商人風の男とその手代らしき二人が、立ちふさがった。

製造実験

「石坂周造様とお見受けします。私は、東京で唐物《から》を商《あがな》う芳賀伊兵衛と申します。ご検分の途中を無礼千万の仕儀かとは存じますが、子細お聞き届け賜りたい儀がございます」

「私が石坂だが、何か？　今日の石炭油事業検分は終ったところだ」

「ここは過日、私が五ヵ年間八百円の契約で使用することで契約をいたし、すでに四百円の手金を差し入れた所にございます。お差障りがあろうかと存じますが、かような次第で、まかりいでてございます」

「なに、異なことを申すな。これから村役所に立ち寄る。申し立てはそこで聞こう」

周造は、村役所に着くと役人の山崎を呼びつけた。

「私の事業に故障を申し立てる者もおるが、当村の取仕切りはどうなっているのか」

「はい、藤八井戸をはじめ数人がくそうずを採取しております。それで月番を決めて売りさばいておりますが、燃やすと煙で目がしみたり、家中臭くなったりするばかりか、火事にもなりやすいということで、とてもさばききれません。そこへ芳賀さんが見えて、三斗を一両で買い取ろうという話があったようでございます」

「私は、このとおりお上から事業を興してよいという奥書《おくがき》をもらってきている。芳賀伊兵衛が買い取ったと申すのは、この奥書の出た後のことになろうが」

「はい、石坂様にお墨付が出ていることは、たしかに権令《ごんれい》様からお達しがありました」

村役人は奥書の正当性を認めたが、伊兵衛は先に事業を始める権利を主張して、議論が並行線をたどった。

「お上の書付を無にすることはなるまい。どうだ、四百円の手付は私が伊兵衛に支払う。ここは手を引いた方が得策であろう」

周造の説得は、強引ながら筋の通ったものだった。さらに、とどめを刺すようにつけ加えた。

「私は、井戸元に二斗で一両の値をつけよう。それでいかがかな、山崎さん」

周造は、役人の方を振り向き、念を押すようにいった。村役人の山崎にとってみれば、鉱業権益とか官許がどんな意味を持つのか、さっぱりわからない。こんなむつかしい問題を持ち込まれても、とても裁けそうにもない。ただ、鱒と樽酒のことが心の片隅にあるだけである。

「井戸元には、いずれ私の方からも説諭いたしましょう。ただ、いま少し時間の猶予をたまわりますよう」

山崎は即答をさけたが、伊兵衛がそれ以上の主張をひっこめたので、内心「ほっ」とした。

周造の得た官許がどのようなものか、つまり工部省あたりの承認に基づいたものかどうかは定かでない。しかし、新政府のもとで発行された石油鉱区認証の第一号には違いなさそうだ。

鉱業権に関してのお布令『鉱山心得』が出るのは翌五年三月、手続的なものまで含めた『日本坑法』が制定されたのは、さらに遅く六年七月であった。

越後黒川（北蒲原郡）の古いくそうず稼人、皆川家の文書によると、発見が鎌倉時代の正安二年で、少なくとも江戸時代中期の延宝二年頃には、年間生産高の六ヶ月分が「運上《うんじょう》」と称する営業税、二ヶ月分は「坪《つぼ》御普請量」で井戸補修ないし減価償却費としての留保、残り四ヵ月が「百姓草水油坪見立堀立候為御褒美被下置」つまり発見者、投資者の利得として認められている。新潟県の他の出油地域に存在する古文書《こもんじょ》でも、二代将軍秀忠の頃から、物納あるいは金納による納税の事実が確認されている。

したがって県当局は、従来の権利を税金納付義務を課して再確認するとともに、権利が競合しないかぎり、新規参入希望者にも同条件で許可を与えることにしていた。

長野県の場合、油田が弘化四年（一八四七）の善光寺地震の際発見されたという歴史の浅さに加えて、年貢の対象から外されていた入会地《いりあい》や、山間の畠のような所が含まれていたので、鉱業権益としての観念がやや希薄だったのではないかと想像される。いずれにしても、明治維新過渡期の混乱のひとつであった。

現場の見当がついた周造は、採掘の事業化に時間がかかるとしても、原油の入手は代金次第で容易に行なえるものと判断し、まず精製技術の会得が事業展開の鍵であると考えた。しかし、地元では突如として東京から乗り込んできた周造への警戒心を解かず、石炭油製造に力を貸す者がなかった。

やむをえず、そこから一里以上離れた町はずれにある刈萱《かるかや》寺の本堂を借り、本尊を他へ移してもらって、製造を開始することにした。神仏分離、廃仏毀釈《きしゃく》の嵐が吹き荒れた直後だけに、寺側にはさしたる抵抗もなかった。現在の刈萱山西光寺は、長野駅前の繁華街に位置し、県庁、善光寺へ向かう大通りに面している。そもそも石堂丸伝説ゆかりの堂宇《どうう》で、立派に整備復興され、観光コースにもなっている。

周造が予想したとおり、原油は何斗かを集めることができた。準備が整ったところで、大谷木に石炭油を製造させてみることにした。

ところが、大谷木自身には何の知識もないことがわかった。彼は、周造が金は出しても、ここまで事を進めるとは予想もしていなかったらしい。心当たりの知人を呼んで話を聞き、いろいろ試してはみたものの、白い（透明な）石炭油は一向に出てこない。

周造は帰京の際、二駄か三駄の白い石炭油を持ち帰って世間を沸かせ、勝海舟に一矢《いっし》報いたいという野望にかられていたので、落胆のあまり宿に引きこもってしまった。

「だんなさま」

声をかけたのは、東京から召し連れてきた下男の作造である。

「ご心配はありません。私がきっと石炭油を製造してお目にかけます」

「知りもしないで何をいうか。大谷木が何日も実地にやってできないものを、お前にできるわけがなかろう」

「私は、以前酒屋者だったことがあります。あれは焼酎を採る方法でやればできるはずです。明日私がやってごらんにいれます」

「よし、わかった。どうか見込みどおりやってくれ」

翌日、夜が明けた時には作造の姿がなかった。大口をはたいたもののいざとなると不安になって逃げ出したのではないか、といぶかる者もいた。が、間もなく桶やじょうご、それに大鍋のようなものをいくつかかかついで帰ってきた。

作造の機械作りはすぐに始まった。桶の底を抜いて、一番上に鍋をのせる。さらに中程にお盆のようなもので仕切を作って、それに竹筒をつなぎ、桶の横腹をくり抜いて外へ出した。最後に土をこねて要所要所に目ばりをほどこした。

機械の頂部にある大鍋に水を張り、かまどに据えた釜へ蓋をするようにかぶせた。釜のなかに入れた原油を熱し、蒸発した石油の蒸気が大鍋の裏に当たって結露する。それをお盆に受けて外へ流し出すという仕掛けだ。

テストが始まったのは、日も傾きはじめた頃であった。作造は、かまどの火を慎重にトロトロと燃やし始めた。三、四十分たった頃、竹筒の先から透明な油が一滴二滴したたり落ち、続いて糸を引くように流れ出した。

「出た、出た。白く出たぞ、作造でかした」

一同は、拍手し雀躍《じゃくやく》して喜んだ。

その瞬間、かまどの火がどこかへ引火し、寺の本堂の天井にとどく紅連の炎が立ち上がった。無言で実験を見つめていた周造は、主のいない祭壇にかけあがり、不動明王さながらに赤く照らしだされた顔で叫んだ。

「あわてるな、砂をかぶせろ、砂だ」

この砂も作造たちが、あらかじめ山のように積んで用意したもので、建物に燃え移る寸前で消し止めた。

周造の喜びはいうまでもない。後に、

「この時、寺のひとつぐらい焼いたとしても、この事業が盛んになりさえすればなんでもない」と、乱暴だが正直な感想を述べている。

周造の成功を、地元の人は一向に驚かなかった。なぜならば、その程度のことは、すでに石油稼業をしている人なら誰でも知っていることで、問題は燃やしてもすすやにおいが少ない上質の灯油を作ることと、それを可能とするくそうず井戸を、どれだけ確保できるかにあった。

石油先進地方であった越後では、嘉永五年（一八五二年）西村毅一が柏崎の近くで、石油精製を事業化している。そのヒントは蘭方医から得たものだった。

弥彦の近在・吉田村に喜斎という医者がいて、切傷や痔疾に塗ってよく効き、内服すれば癪《しゃく》の良薬となる透明な水薬を作るという。これを求めた西村の手代は、どうもくそうずから製したもののように思えたので、思い切って喜斎に聞いてみたところ、果たしてそれに違いないとのことだった。西村が改めて喜斎に製法をたずねに行ったところ、快くこれに応じたばかりか、

「医者は人を助けるのが仕事」

だといって、謝礼は一切受け取らなかったという。

これは、土瓶を伏せたような形の陶器と冷却器を組み合わせた道具を用いたもので、蘭引《らんびき》という、蘭法では知られた方法であった。長野でも釜を瓶で覆うという簡便な蘭引法を採用していたが、信州松代藩にいた佐久間象山の指導によるものだとされている。

アメリカで石油精製が始まったのも、そんなに古くない。薬剤師のサミュエル・キーアが原油をそのまま万能特効薬として売り出したのが一八四九年頃、あわせて蒸留の試みも進められた。

しかし、燃焼性能のよい灯火用の製品ができるようになったのは、一八五七年に大手石炭油業者A・C・フェリスが、製造方法改良に成功してからだという。

ランプの開花

このように石油精製は、アメリカも日本もほぼ同時期に、医薬品として用いることから始まり、ついで燃料としての利用価値に注目して工業化された。

日・米の違いは、ランプに最適な品質の灯油を大量生産できるだけの原油の量と、製造技術に差があったことだ。要求される品質は、引火性が低く安全であること、燃やしてすすや悪臭が出ないことなどである。それには灯油以外の不純物を、できるだけ少なくする技術が必要だった。

周造の製造した「白い油」は、単に透明な留分というだけで、おそらくガソリン分から軽油分の一部、それに硫黄分など不純物の含まれている半製品にすぎなかった。

明治五年一月の『日要新聞』には、早くも次のような東京府布告が掲載されている。

ランプ取扱方心得

一、石脳油ヲ混合シタル石炭油ハ火災ヲ醸成候ニ付キ、右等ノ分不売出様渡世《とせい》ノ者ヘモ急度《きっと》申渡スベク候得ドモ、猶亦気ヲ付下直《したね》ノ油ハ決テ不良ノ油ト心得買求ベカラザルコト。

この頃、すでに国産の粗製灯油が一部東京に出回っていたらしい。石脳油には「クサウズ」とルビがふってあり、石炭油と混合した油は「火災ヲ醸成」すると警告したうえ、販売を禁じている。また、消費者にも安売りの油は、その危険性があるから気をつけて決して買うなといっている。ガソリン分が含まれていれば当然のことであろう。

続いて、火災予防の五ヵ条が示されているが、新文明を積極的に受け入れるという方針のもとで、行政府がキメこまかい指導、啓蒙に当たっていることは、興味深い。

一、ランプヲ掃除シ油ヲツグハ屹度《きつと》昼間ニ致シ置クベシ、夜火ノ近処ニテ取扱マジキコト。

一、ランプ並ニ油壺ヲ火ノ近処ニ置クベカラズ。

一、ランプハ全ク石炭油バカリヲ焚ク器ニ非ル故灯芯管甚太シ、若《もし》細キ灯芯ヲ用テ火ヲ点《つけ》候得バ、空気入込破裂シ火災ト相成可申コト。

一、石炭油ヲ衣服足袋ニカケ、或ハランプヲ取落シ、又ハ転倒スニ依テ其油畳或ハ敷物ニ染ケルモ遂ニ火ヲ伝ヘ燃上リ火災ト相成可申コト。

一、万一燃上ル節ハ風呂敷又ハケットノ類ヲ以テ押消ベシ、水ヲ注グベカラザルコト。

ランプが日本に入ってきたのは、開国後間もない頃のようだ。最初は、開港場の航路安全のため、燈台を設置することから始まった。しかし、町中で一般の目に触れるようになったのは、灯油の輸入が潤沢となり、価格もある程度安くなった明治初年の頃からである。

文明開化の波に乗ってランプが普及しはじめると、頑固な攘夷主義者たちは、金貨の流出、国内産業への圧迫、火災多発を理由に、ランプを総攻撃した。佐田介石も、ランプに十六の大害ありとして、新聞で『洋燈亡国論』を展開している。森鷗外の分類に従えば、攘夷主義者であっても「和魂洋才」を目指す周造らは「智者」、そうでなく単純な群衆心理に乗って開国に目をそむける者は「昧者《まい》」ということになるが、世間の動きは一進一退、複雑な変化をたどるものなのだろう。一般の間でも、鉄道、牛乳などと並んで、ランプの急速な普及に戸惑い、異様なカルチャーショックに見舞われたに違いない。

明治十五年に出た『世直しいろは歌』に、

（ラ）らんぷにて三度も五度も家を焼き
　　　　またもこりずに石油たく人

（シ）燭台や行灯すててランプにて
　　　　我が家焼いて野宿する人

とあり、そんな社会現象もあったのだろう。

国産の灯油を外国産と肩をならべる値段で売るためには、精製度を高め、引火しにくくする必要があった。改良された灯油は、「火止め石油」「安心石油」などと銘うって売り出された。

それでも、種油を使う従来の行灯に固執する人は絶えなかった。劇作家の黙阿弥《もくあみ》もそのひとりである。

『恋闇鵜飼燎』（こいのやみうかいのかがりび）

女房お六「ランプを使うと菜種より、石油の方が安いから、余程銭が違うけど、碌《ろく》な者の泊まらない間の宿の安泊まり、一の客が千ヶ寺詣りで、跡があんまに瞽女《ごぜ》の坊、旨いものでも買っ喰うのが世間を忍ぶ泥つくだ。いけぞんざいなやからゆえ、ひっくり返して燃え上がり、火事にでもなった日にゃあ元も子も失うから、灯の暗いのを我慢して、菜種ばかり遣《つか》っている」

『水天宮利生深川』（すいてんぐうめぐみのふかがわ）

お百「こちらのお店はいつ来ても、暗いお見世《みせ》だと思っていたが、ランプがついていないせいだ」

治兵衛「いえ、ランプは明るいかわりに、粗相があるとあぶないから、それで店では用いません」

お百「いえ、火止めのランプをお使いなされば、ただの油より値も安く、大丈夫でございます」

佐七「火止めはよいということだが、内の旦那は大事取り故石炭油は一切用いません」

江戸文化の伝統を、頑固なまで守り通した黙阿弥の世界には、ランプはなじまなかったのかもしれない。能の幽玄さに、蛍光灯が似合わないのと同じだ。光のエネルギー革命は、人びとの生活文化に、政治の変革以上の影響をもたらした。

ランプの普及はテレビと似ている。テレビ受像器はまず街頭に置かれ、見物人を釘づけにした。次いで商店そして家庭に入り込んだ。

ランプも全く同様で、まず街灯として急速に普及した。最初は大阪、新潟、京都、東京などの都心繁華街に公費で、続いて東京では新吉原、西久保巴町、亀戸《かめいど》、芝日陰町など周辺商店街でも町内有志が金を出しあって建てはじめるようになった。もちろん各商家では、屋号をランプに書いて客を引きつけ、商品を美しく照らしだす効果を考えた。

そのうち、手工業、家内工業でも使用されはじめた。特に紡績工場ができると、夜業や交替勤務で生産効率を高めるため、ランプが大量に採用されるようになった。

当初輸入されたランプは、一個六円近くもしたが、普及につれて次第に安くなり、十年代には一円前後までさがった。

それには、火屋《ほや》（燃えて光を放つガラスの筒の部分）や油壺を作るガラス吹き技術が、日本人の器用さにかなっていたこととか、製造がむつかしかった口金も、朝日新聞社長となった村山龍平などが製造に成功し、ランプのほとんどを国産化できたことが大きく寄与している。

こうして、西洋で発明されたランプは、いつの間にか日本人のものとなり、明治後半には、必需品としてあらゆる家庭に受け入れられるようになった。読書にしろ、内職にしろ生活に夜の時間を取り込むことができるようになったことは、急速な近代化にどれだけプラスしたか計り知れないものがある。

一方、燃料の灯油についても、スタンダードやシェル系の外国石油商社が市場を支配するなかで、石油国産化に取り組んだ周造らの努力の結果も、決して小さいものではなかった。

先駆者

静岡の原油

周造の長野行きは、石油を国家規模の事業とするという周造の夢を、いささかも損じるものでなかった。越後で石油稼業は古くから行なわれており、精製技術もことさらの発見ではない。

この程度のことで周造が先駆者を自認し、使命感に燃えたのは、彼生来の事大主義や、事業に反対した勝海舟に対する意地もあったが、石油に対する世間一般の認識がきわめて薄かったことが大きく作用している。

周造は、石油をことあるごとに喧伝《けんでん》し、東京・横浜の新聞などで、長野の事業のことがかなり取り上げられるようになった。明治四年九月から翌五年四月までの間の生産高は、六十四石六斗四合。次の半年は、その約倍の百二十五石二斗七升、年間でドラム缶約百本強になる。スタート時の事業としては、まずまずの成功といっていいだろう。

周造は、東京・神田明神下の自宅に「長野石炭油会社」の看板を掲げた。出資者は、横浜の鈴木安兵衛、村松吉兵衛、東京・堀留の瀬戸物屋、西浦の主人などで、資本金三万円と公称した。会社の名をつけたのは、明治二年に政府の肝煎《きもいり》でできた為替会社、通商会社にならったと思われるが、純粋な民間企業では、周造が初めてであった。

明治五年五月のある朝、新聞を見ていた周造が大声をあげた。

「静岡の相良《さがら》で石脳油《せきのうゆ》の発見だと……。越後などと違って雪に妨げられず年中仕事ができる。それに東京まで船で運べる。これは一大事、おれはすぐにでかけるぞ」

新聞をわしづかみにして帳場にかけこみ、手代に叫んだ。

「かねをあるだけ用意しろ、いますぐだ」

「お待ちください。長野の売り高もわずか、手元も使い果たしてございます」

「ばかをいうな、静岡でどんどん出されたら、長野などふっ飛ぶわ。いままで投じたかねがほごになっても、いいというのか」

五百円を金庫からひったくるようにして、家を飛び出した。

「相良なら東京から二日に一度の船がございますよ」

その声は、すでに周造にとどかなかった。

相良に着くと、ただちに蝦江《えびえ》の沢という現場に案内を請うた。そこでは、人夫五人ほどで土を掘り、水井戸のように板で囲みながら、油のまじった泥水をかきだす作業をしていた。

「親分、客人ですぜ」

声に応じて掘建小屋からでてきた男に、周造は見覚えがあった。

「村上正局《まさちか》にございます。その節、上野でご厄介になりました」

彰義隊で勘定方を務めた、もと幕臣である。

「お達者でなによりだ。どうです、くそうずは沢山出ますか」

「いや、まだわずかなものです。これをごらんください」

村上が近くにある桶を示した。周造はなかの液体を手にすくって顔を近づけてみた。長野の原油より色が薄く、さらさらしている。揮発性のある快い刺激臭が鼻をついた。太平洋戦争末期に、航空機の燃料として使おうとしたといわれるほどの軽質原油である。

「これは、製造したものですか」

「そうではありません。井戸から汲み上げたものです」

周造は、良質の石炭油がとれそうなこの油田に、ますます脅威を感じた。

「私は、近くアメリカから機械を取り寄せて、石炭油を大事業にする考えだ。手掘り井戸ではとても輸入品の上に出ることはできない。どうです、一緒にやりませんか」

「せっかくですが石坂さん、いま相良の徳川士族二百人にとって一番大切なことは、ひとの世話にならずに自立することです。ご一新後、食に事欠く日々を歯を食いしばって耐えてきましたが、このところようやく公債証書を戴いてやっと一息つけたところです。わずかながら、これを元手に石炭油という産物で、一日も早くなりわいを立て、徳川家が立派に存立していけるようにしなければなりません」

「なるほど、いちいちごもっともに存じます。静岡に籍を置く私にとっても心強い限りだ。しかし日本国が栄えてこそ、徳川も続く。そこんところを間違えんようにしてもらいたい。静岡の産物どころか日本の産物にして外国に売り出す、そこまで考えて申し上げている」

「われわれの苦労がどんなものだったか、東京にいるあなたがたにはわかってもらえません」

「村上さん。となりの藩が飢えようが滅びようが、わが藩だけはお家安泰、それでもよかったのはご一新までだった、とだけ申し上げておきましょう。とにかく、明日またお会いしたいので、社中の方もお揃いで、宿の宝泉寺におこし願うようお伝えください」

翌日昼過ぎ、村上とその関係者は宝泉寺におもむいた。

周造は、一同に永年の労をねぎらう丁重な挨拶をした。それに続く言葉は一変して、高圧的なものになった。

「三月二十七日に、政府から『鉱山心得』というお触れが出ておるのをご存じなかろう。鉱物は皆政府の所有物にして、地主の私有に非ず、鉱山の稼業はことごとく政府の請負稼たるべし、というものだ。薩長の役人であふれる政府に、徳川のためと願い出たらどうなると思う。薩長に態よくまき上げられるだけだ」

この鉱山心得で想定した主な鉱物は、金、銀、銅、石炭などで、石油はまだ重要鉱物と見なされていなかったせいか触れられておらず、おまけに去年廃藩置県されたばかりで、中央の威令が行き届かないことが多々あった。

「しかし地主の承諾なしに、勝手に掘り出せぬのでは……」

その声に答えるかのように、周造は一枚の絵図面をとりだした。

「ここが諸君の手がけている蝦江の沢。この周り全部と菅が谷にかけての土地を、私が昨日中に地主に会って買い取る約束をすませた」

「ええっ」

「私はこれから東京に帰って、また出直してくる。それまでに同盟する気なら教えてくれ。もし鍔元《つばもと》に至って降参しましたでは承知するわけにはいかない。よおく考えてほしい」

周造は、そこまでいうと席を立ち、旅支度を整えて寺をでた。

村上らの説得にはある程度成算があったが、地権者が簡単に売却に応じたことは、周造にも意外に思えた。折から政府の地租改正が進行中で「土地田畠の売買は勝手たるべきこと」というお触れはすでに出ていた。だが、土地所有を届出て地券の交付を受けると、従来年貢が免除されていた地域であっても、高税を負う義務が生ずるという仕組みが噂されはじめている時期であった。

周造が藤枝《ふじえだ》まできて小憩しているところへ、さきほどまで交渉していた一同が追ってきた。

「相談の結果、同盟をさせていただくことにまとまりました。どうか、よしなにおとりはからいを」

「それでは、相良に会社の支社をおいて、きみたちに事業を扱ってもらおう。資金はあとで手代に届けさせるが、とりあえずは今までの仕事を続けてほしい。私はすぐ準備をしなければならないのでこのまま帰京する」

周造にとって事業拡大の機運が迫ってはいるが、長野の実績がどうもはかばかしくない。アメリカから入ってくる油は、一斗缶二個入りの一箱が七円五十銭であったが、長野産は三円五十銭にしかならなかった。それは、精製度が不十分で製品自体にばらつきがあり、油煙やにおいを防げなかったためである。

信州・上田に金子油屋というのがある。主人の金子は、目先がきくだけでなく、親分肌なところがある男で、この地方の養蚕《ようさん》業者との取引も多かった。

周造は事業開始早々、蚕の増産に照明が有効であることを聞いており、金子に石炭油の売りさばきを依頼してあった。周造は、長野への往復の途中に油の売れ行きや、評判を聞きに寄るのを常としていた。

「石炭油のにおいが繭《まゆ》に悪いというんです。それで繭が腐ったと、怒鳴り込まれたこともあります。こんな噂が出てはもういけません。買ってくれという方が無理なのです。もっと値段をさげたところで、結果は同じでしょう」

ここで売れなければ、より運賃のかさむ東京への売り込みがおぼつかなくなる。周造は、土俵際に追い詰められたような気がした。

「金子さん、養蚕というのは一年間でどれくらいの稼ぎになるものですか」

「そう、よくできた年で百七十円といったところでしょう」

「じゃあどうだろう。主だったところへ二百円、前もって繭の損料を払うから使ってくれるよう頼むというのは」

「それはおもしろい。しかし百七十円というのは上出来のときで、百五十円で十分でしょう」

周造は、とにかく「万事お任せしましょう」といって、金子に二百円を預けてきた。

静岡から帰ってくると、金子が訪ねてきているという。周造は一瞬、繭の損料が足りないか、石炭油の販売から手を引くという話ではないかと思った。

「繭はやはり腐りましたか」

「それがもう大変に具合いがいい。夜になっても明るくあったけえもんだあね、蚕が桑をどんどん食べる。石炭油を使ったところは、ほかより三日も早く上がりました。この三日の相場の差は、油代などでは換えられない。損料どころか、この通り礼まで頂戴しています。どうぞお納めください。なんといっても上田の衆は、石坂さんの侠気《おとこぎ》に感じいっており、注文もさばききれないほど多くなりました」

周造は、繭を腐らすことを覚悟の上で使ってもらったのだから、といって二百円を受け取らず、その晩、金子と大いに酒を酌み交わして成功を祝った。

外国人教師

その後、周造の活躍ぶりがしばしば新聞にも掲載され、身辺は急に騒がしくなった。

そんなある日、巡査に伴われてアメリカ人アンブロス・ダンという人物がたずねてきた。

「私は函館の領事、コロネルの役人していました。あなたが日本のペトロリエンの仕事する人と聞いたのでここへ来ました。その仕事は大変によいことです。私は、東京や西京、大阪などの大通りに、ギャスライトをつけることをお上の人にも話しました。ギャスライトにはペトロリエンがもっともよろしい。私はサンフランシスコ・ペトロポリエン会社をよく知っています。そこでは二十時間に百五十万フィートの通りが照らせるだけのものを作ります」

たどたどしい英語まじりの日本語で、周造にはよく話が聞き取れなかったが、ダンについては、かつて『新聞雑誌』の記者から、石油開発や街灯用のランプ普及に異常な熱意を持っており、府知事や政界などに盛んに働きかけている男だとは聞いていた。

「私は、宣教師のタムソンさんから石炭油事業をすすめられたのがきっかけです。タムソンさんから聞いたことは、まず、広く鉱区を取得することが先決で、次いで井戸を掘る機械を買い入れて大量のくそうずをとる。そのなかから質のいい石炭油を製造することが、肝要だと教えられているが」

「おお、タムソンさん。私、よく知ってます。彼は、築地居留地の皆さんから尊敬されています。私、ロシアの司祭ニコライさんと同じ家に住んでいますが近くです。タムソンさん、大学南校の先生をしてました。正しいことを教えます。私は、井戸を作る機械をアメリカから取り寄せることできます」

「それは好都合だ。社中《しゃちゅう》で相談のうえ、私の会社の教師をお願いすることになったら、引き受けてもらえますか」

「もちろんです。あなたが成功するためには、私の力が役に立ちます」

周造は、ダンが去ったあと深川の商人、滝沢安之助を呼びにやった。

滝沢は、横浜の商館に生糸などを売り込む資格をもっており、明治二年、三十二歳ですでに巨万の産をなしていた。しかし、砂糖や石油などの輸入物資は外国の商人が独占しており、売込みだけでは取引上の不利はまぬかれず、先細りの傾向にあった。滝沢が周造を初めてたずねたのは、半年ほど前のことである。

「自分は長野県に生まれました。この度、貴殿が生国長野でこういうけっこうな事業を興され、私にとってもお国にとってもまことに喜ばしい次第、些少《さしょう》ながらご成功を祈る私の気持ちとして、これをお納めいただきとう存じます」

差しだしたのし袋に、千円が入っていた。

「滝沢さん。私はこの事業を国家の公益という精神でやっている。したがって当局者からの寄付、寄進はうけるが、民間からの寄付は受けるべきではないと考えている。それとも、あなたはほかになにかのお見込みでも……」

「では、私に東京市中の一手売りさばきの権利をお与え下さい。この千円は、身元保証金ということにしてとりあえずお預かり願えませんか」

「なるほど、私にはそういう商売のことがさっぱりわからん。算盤もわからず、手帳はつけたこともないというざっぱな者です。あなたに、ぜひ事業全体を手伝ってもらいたいのだが、いかがなものでしょうか」

周造の真剣な懇願に、滝沢は快く答えた。

「商売というのは、物があってこそできるものです。石炭油も船が途絶えて品物が切れれば、相場が急騰します。また反対に入船が重なれば暴落する。現にそのようなことが再々起きており、仲間うちでは、浦賀のあたりまで行って、毎日望遠鏡で船を見張ったり、大儲けをねらって相場を張る連中もでてきました。しかし、高値をそのまま得意先に肩代りするようでは、息の永い商売はできません。いいものを安く売ることが本当の儲けのこつです。

ランプはまだまだふえていきます。日本で石炭油ができなければ、外国にますます頼らなければならないし、商売も外国人に牛耳《ぎゅうじ》られることになる。これが防げれば私も本懐です。すべてを投げうってご協力しましょう」

周造は、滝沢とダンの雇用のための給料、機械購入費などの膨大な資金調達について作戦を練った。

ダンの持ちだした条件は、年一万円で三年契約というものだった。一般社員にあたる肝煎《きもいり》助役を年二百四十円と見積ったことから見て、桁はずれの高額だが、当時の政府お雇い外国人教師優遇の相場から見て、必ずしも無謀といえるほどのものではなかった。

外国人教師を雇うことが堅実な投資になるとふんだ周造は、設備資金を含め新たに十万円の増資を決意した。いよいよ理想実現への着手である。

世人笑うなかれ燃ゆる水を製するを
誓って精神を尽くし国家を富ます
西洋の多少の産を圧倒して
年々欧羅巴《ヨーロッパ》へ転送せん

明治五年九月、長野石炭油会社の名称を「石油会社」と改めた。周造は「石油」ということばを本邦で初めて使ったと称しているが、それ以前の文献にもあり正確ではない。しかし、社名が「長野」でも「石炭油」でも周造の構想とつりあわなくなったことだけは確かだ。次に見る『石油会社規則』は、組織・制度として個人企業の枠をこえた、当時としては進んだものであった。

その冒頭の部分は、周造の意気込みを余すところなく伝えている。

「当社加入の輩《やから》は、第一、富国のご趣旨を体認し、一己の利を顧みず、貧富貴賤を論ぜず、共同一和、専ら功を盛大に期し、内国繭、茶、諸品の表に抜出し、無彊《きょう》の鴻益《こうえき》を起こさんと欲す。ひそかに案ずるに、六百年来綱轍《こうてつ》を変じ、天下封建の勢いに帰し、随て富商豪民田夫《でんぷ》野人に至るまで、自ずから割拠の体裁にならえり。今や御一新の日に当り、深厚の国恩に賽せんとするの志ある者、宜しく速やかに旧習を捨て、同心協力して、ここに千載未発の国産を開き、以て上は国恩の一分に報じ、下は各々永久の産業を成さん。豈《あに》、隆にして、且つ盛なりといわざらんや」

続けて、今にいう定款、社員規則に相当する部分と、六ヵ年の収支計画が詳細に記されている。これは、周造の意向を受けて滝沢が形を整えたものであろう。その概略は次のようなものである。

（株式）一株　千円、一株に満たざる出金者は組合を定め数に満ちて一株とする。出資者は最初に半額、機械輸入時に半額を出金。配当は、出資時期や事業への貢献度に応じ、三段階に分けて配当に差を設ける。

（役員）会頭一人、取締五人、会計五人、肝煎十人、肝煎助役二十人以上、任期は一年で再選は妨げず。

（待遇）会頭　月俸三百円　十里一日程につき三両、取締　同百五十円　同二両、会計　同百円　同一両二分、肝煎　同七十円　同一両二分、肝煎助役　同二十円　同一両

（解雇）入社の人は永遠協約を廃せず、友情厚くし、患難窮厄あらば救援、保護ゆるがせにすべからず。もし不義の所業あるときは、近友再度忠告し、一同より諫詞《かんし》を加え、なお悔悟《かいご》せざれば、出金あるものはこれを返却して除社絶交いたすべきこと。

六ヵ年の収支計画は、毎年二倍半の躍進を遂げるという、途方もない内容だった。しかし、石油事業はもとより、会社という近代組織がなかった時代に、多分外国の事例を参考に作成したものであろうが、その通りにならなかったといって責められるほどのことではない。

第一等元金社中、すなわち優先権つき株主として名を連ねているのは、九条家、五条家、もと大名などの堂上《どうじょう》華族をはじめ、長野、新潟、秋田、愛知の地方資産家それに山岡家など三十人であった。

同時に、タムソンの勧告もあり鉱区の獲得に走った。新潟県を中心に、長野県、静岡県などで、明治六年までに契約のできたところは、二百八十五ヵ村にのぼった。

その内容は、その村落一円を対象として、出油の場合はその何分かを村方《むらかた》にやる、村方ではそ

れを窮民救助にあててもよい、そのかわり他の人に採掘を許してはならない、というものであった。

短期間にこれだけの契約ができたのは、本人や社員が奔走したほか、石油が出るところを見つけて知らせてくれたものには百円の報酬を与え、人物の如何によっては社員に採用する、という広告が功を奏したのだろう。

増資は順調に進み、予定を二万円上回って十五万円に達した。

明治五年十一月頃より、周造はダンを伴って機械を据え付ける候補地の検分を始めた。彼の最初の事業地である長野を中心に、十数人で各地を回った。

翌春、三台の機械も到着した。価格は中古品にもかかわらず一台一万円もした。早速その一台を長野に運び、三月にはいよいよ善光寺を西へ一里たらず行った茂菅《もすげ》村仁棚《にたな》というところで、そこを流れる裾花《すそはな》川川原に据え付けることになった。

ダンは、アメリカから取り寄せた図面を見ながら、蒸気エンジンの位置を決め、ベルトやロープをつないでいった。一方、同様に図面と同じ形の高さ六十尺ほどのやぐらを組み立てさせた。やぐらの最上部には滑車を吊り下げ、マニラ麻のロープを通して、その先に重い鉄の錐《きり》をつけ、これをエンジンで引き上げては落とすという仕掛である。

組立作業は二、三日ほどで終り、試運転をすることになった。

ボイラーに火を入れ、あらかじめ用意した石炭を投げ込んで火力を上げた。しだいに蒸気が上がり、一同がかたずをのんで見守るなか、山にこだまする轟音とともにエンジンが回転しはじめた。

だが次の瞬間、やぐらが土煙のなかへ崩れ落ちていく光景を目にしなければならなかった。

ダンは英語でさかんになにかまくしたてている。周造は、伺去真光寺村で初めて石油製造を試し、火災寸前になった時のことを、一瞬頭に浮かべた。

一行のなかに、技師見習いの広瀬貞五郎がいた。広瀬は、豊後臼杵《うすき》藩士広瀬淵平の次男で、明治三年、二十歳のおり外国語勉学のため上京した。その後、石炭油会社の株主となった西本願寺の僧の紹介により、英語の習得と石油の技術を身につける目的で入社していた。

「石坂さん、これは鳶《とび》の仕事じゃなくてはいけません。素人じゃあとても無理でしょう」

「そのとおりだ。それに気づくだけでも、成功が一歩近づいてきたというものだ。早速、城の普請ができるような鳶を呼んでみよう」

ダンは大いに不満の面もちだったが、周造は直ちに東京の本社に手配し、腕利きの鳶数名を呼び寄せた。その間も休むことなく試掘候補地を探索していたが、工事再開は、十日ほど後になった。

現場を見た頭領が、しばらくやぐらから吊り下げられる錐の重さや、土台となる位置などをおしはかったのち、材料が集められた。その翌日、頭領の指図により、丸太と縄で組み立てた新しいやぐらが完成した。

ダンの図面のやぐらとは、大分違う形をしていた。ダンは、これを見上げながら声を張り上げ
「エンジンを入れた時、どんなこわれかたをするか、わかりません。さあ、合図をしたらみんな

離れてください」

しかし、新しいやぐらは、運転を始めても大地に根をおろしたように、びくともしなかった。

金看板

解雇と訴訟

その頃、隣の部落であやしげな陰謀が進んでいた。深夜、人目をさけながら原油と粘土を混ぜては俵につめ、部落内の水田に運んで埋め込むという作業を繰り返している。幾日かたって、部落代表のひとりがダンをたずねてきた。

「私どもの田では、以前からくそうずがにじみでております。先生のお見立てをいただきたいと存じます。お手伝いは何なりといたしますので、どうかお申しつけください」

部落に落ちる手間賃、補償金が目当てであった。ダンは案内されて現地と称するところを見に行った。たしかに田の水面に油の膜が広がっている。それに砂利や岩だらけの川原よりはるかに掘りやすそうに見えた。ダンは帰ると直ちに機械の移動を宣言した。

「アメリカでは、見込みの早いところから手をつける。それに、ここを掘りすすめるためには、他の道具が必要になってくるでしょう」

移設後間もなく、油徴に見せかけたカラクリは露見した。しかし、ダンはなに食わぬ顔をしてそのまま掘り進めた。他の道具が必要なことは、皮肉にもここで証明されることになった。四、五十間も掘ったところで、坑心が曲がり錐を土中に落としてしまったからだ。

錐は地質によりいくつかの種類があり、使い分ける。掘り進むにしたがい、鉄管を埋め込んでいくが、これにも幾多の種類がある。錐を落とした場合、吊り上げるための管もある。しかし、鉄管はなにも用意されてなく、木製の管で代用したものの役には立たなかった。ダンはここを廃坑にして、ほかに二坑を手がけたが岩盤を貫くところまで進まず、失敗続きだった。

残り二台の機械は、越後の尼瀬《あまぜ》と静岡の相良に輸送された。

当時の新潟県令楠本正隆は、石油開発を積極的に奨励し、事業化には協力を惜しまなかった。周造は早速県庁へ滝沢を出向かせ、機械を陸上輸送するための便宜を図ってもらうことにした。

新潟県への道は、長野、直江津を経由する現在の信越本線に相当するコース、会津盆地を抜ける磐越西《さい》線沿い、それに三国《みくに》峠越えがある。三国峠越えは、新潟・長岡など県の中央と最短距離で結べるが、谷川山塊など二千メートル級の山間を通る最も険阻なルートで、鉄道も清水トンネルを掘って最後に開通した。県はこの三国峠の道路を改修し、周造の機械を運べるようにした。

尼瀬は、新潟から柏崎の中間に位置する商港・出雲崎の隣にある漁村で、背後は丘陵地帯の西山がせまっている。その山中で内陸側にあたる方面は、古くからの油徴《ゆちょう》地で、地元での開発熱が盛んであった。しかし、海に面した山上には鎮守の諏訪神社があり、その一帯だけは神罰を恐れて手をつけるものがなかった。

周造の機械はそこに据えられた。この時ダンは参加しておらず、ダンの推薦した技師として、アメリカ人ライレーが同行していた。ライレーは機械の取扱いなど全く経験がなかったが、ダンに言い含められて技師を演ずる羽目となった。そのうえ、自分の姓名すら書けない無教育者で、広瀬らはライレーの持参した技術書を解読しながら手探りで作業を進めざるを得なかった。掘削《くっさく》開始は翌七年になったが、結果は失敗であった。

それ以前から、社中のなかで滝沢をはじめ、ダンに対する不信の念を抱く向きが多く、早く手を切るよう周造にすすめる者もあった。周造は、一年は試用の約束であり、その間にできるだけ技術を手に入れるように努めるべきだと返事をしていたが、契約半年後には、解雇する決心を固めていた。

成功、失敗は時の運もあろう。しかし、周造にとっても次第に我慢のできない存在となったのは、日本人が古くから身につけている知識や技能を軽蔑し、風俗、習慣の違いを「野蛮」のひとことでかたづけようとする態度であった。これは、ダンが技師としての無能さを覆いかくす必要に迫られたことで、より強く表れたのかもしれない。

周造らが過去攘夷に走ったのは、このような形で経済や文化を食い物にされ、日本のアイデンティティーを失うことを恐れていたからだ。また、周造は出資金の大きな部分をダンの給料として支払うことは、周造が力説している神聖な事業目的の純粋性を損なうという気もしてきた。

明治六年六月、ついに周造はダンの解雇を申し渡した。

ダンは直ちに東京開市場裁判所に訴訟を起こした。

「自分はアメリカで一等の技師である。にもかかわらず職業上不適当とあっては名誉にかかわるから、名誉毀損《きそん》の損害賠償として一万五千円、それに契約金の残金二万五千円を支払え」というものである。

周造にとっては、思いがけないことであったが抵抗せざるを得ない。その方法も手段も見当がつかなかったが、横浜のイギリス人法学士ネスという者に弁護人を頼むことにした。費用は上等で一日七十五ドル、高いとは思ったが背に腹はかえられない。

ネスの意見はこうだった。

「二万五千円は約束手形のようなものだから、これはやむを得ないが、一万五千円のほうは、ダンが職業上不適当だという確認さえ得られれば、払わなくても済むと思う。が、適当か不適当かの点になると、自分は法律のことならあくまで研究するが、機械の技術のことは全然わからないから、あなたの方でその証拠を挙げてもらいたい」

周造は工部省や鉱山局で調べようと出向いてみたが、なんの手がかりも得られない。そこでアメリカに行って調べることを決心し、司法省にも陳情した。

「このたび国益を興そうとして、ダンの瞞着《まんちゃく》手段にひっかかり、このありさまとなって、まことに残念です。ダンのやり方には確かに落度があると認めるので、これを見極めるためアメリカへ出向く心づもりです。ついては、私の帰国までは判決が出ないようになんとかお願いしたい」

「そういうことなら、ネスに頼んで時日をかせぐように計らってもらうがよい。こちらでは、よく了解しておく。調査してくるのは大いによろしかろう」

その頃、結果として外国人にだまされたといった事件はめずらしくない。たとえば、鉄道建設計画の際、政府がパークスの推薦で使ったイギリス人レイのケースがある。この資金はイギリスからの借款でまかなうことにしていたが、レイは利息でさやをかせぐなど、不正を犯していた。このため政府が契約を解除したところレイは承伏せず、結局示談で二万ポンド強の補償金を払わせられたという、国辱的な前例もあった。

日本人の無知につけこんだ不平等条約を、なんとしてでも独立国家にふさわしいものにしなければならない、といった機運のみなぎっている時期でもある。役人も同情的であった。

明治七年十一月、周造は外国人教師ダンの解雇にともなう裁判を有利に導くため、渡米を決意した。

かつて、越後で石油開発の調査を試みたことのある岸田吟香は、東京日日新聞に長文の送別の辞を記載し激励した。

「十余年前、予、美国ペンセルバニヤの医師平文（ヘボン）氏とともに和英語林集成という辞書を編集せしおりから、不思議の辞に至りて、ついに越後七奇（ななふしぎ）の談に至りしが、はじめてくそうず油のケローシン油なることを知り、すなわちついにこれを精製せんことを思い立てり。のち中川嘉兵衛と議して越後の平野安紹、渡辺友之助らに謀り、社を結び、機械を購い、ようやくこの業を起こさんとせしに、人心とかく危疑をいだき、社中に加わるもの少なく、資本欠乏してついに成功に至らず、天賦《てんぷ》の良産をして、むなしく地中に埋没せしむること、まことに惜しむべきの至りなりと、常に残念に思い至りしに、そのうち信州において石坂周造らの油を発見し、会社を設けて盛んにこの事業を起こさんとせしが、中途しばしば転跌《てんてつ》して、またいまだ成立に至らず。（中略）このたび石坂氏みずから美国におもむき、親しくこの精製の法を修業し、かつ、その新製の機器を買い入れ、熟練の教師を雇い来たりて、ぜひともこの業を盛大ならしめ、天産の霊物をもって長く土中に擲棄《てっき》することなからんと期せり。その奮発勉励の意、実に賞すべし。石坂氏もと武人にして、かつて矢石汗馬《しせきかんば》の間に馳駆《ちく》せり。いまその勇邁《まい》不退の志をもって、この事業の上に移せり。知るべし、他日この事業のますます盛んにして、日本第一等の国産たらんことを。石坂氏の航行近きにあらんとす。故に一言を贈りて、兼ねてわが国の物産に富めることを天下に公告せんと欲す」

おなじ船にアメリカの領事、富田鉄之助が乗船していた。富田はかつて勝海舟の書生だったことがあり、勝の息子の小鹿《ころく》がアメリカ留学する際に同行、若くして海外文明に触れる機会を持つことのできたひとりである。後に日本銀行総裁、東京府知事を歴任するが、この時は三十七歳、福沢諭吉の媒酌で結婚し、新婦を伴って帰任の途につく前途有為の官僚であった。

富田は旅のつれづれに周造を茶に誘った。周造が富田の船室に行くと、富田は玉露にミルクを入れて周造に出した。周造は立ち上がって、

「銘茶にミルクなんか入れて飲むような、毛唐かぶれの根性のやつが領事なんかしていたら、日本の国威を失墜するにきまっている。気をつけろ」

と怒鳴り、横っ面をひとつはりとばして、部屋をでた。ダンへの不信が、周造の攘夷の虫を呼び

覚ましただけでなく、四民平等の上に新特権階級としてのさばりだした軽薄な官僚群に対する反感もあって、富田にはとんだとばっちりが飛んでしまったことのようだ。

アメリカでは、サンフランシスコからニューヨークに向かった。周造の渡米目的は、この頃はやった単なる見聞や視察ではない。精神的にも、経済的にも、そして時間も、決して余裕あるものではなかった。

当時、採油の中心はニューヨークに近いペンシルベニアで、ニューヨークでは精製が盛んであった。

周造は、想像をこえる米大陸の広大さに圧倒されたが、それ以上にアメリカ人の仕事に対する真摯《しんし》な態度や、異邦人に対しても、差別なく親切に取り計らう鷹揚《おうよう》さに感動した。周造は直ちに行動を開始した。特に井戸の掘り方については真剣に調査し、写真にも撮って証拠とした。そして、この調査だけでダン以上の知識が持てたと確信した。

周造の情熱は、旅行中さらに大きくふくらんだ。帰国を前に、綱掘機械二台を新たに購入して日本へ送らせたのも、この表れである。それに、アメリカとの進歩の差は大きいが、決して日本人に追いつけないものではないという信念も持つことができた。

喋々妨ぐるをやめ石社の名
ただ期す万世国家の栄ゆるを
圧し来たる米露多日にあらず

請う見明春に天地の驚くを

周造は初の洋行を果たし、緊張感も解けてすっかり持ち前の自信をとり戻していた。しかし周造を待ち受けていたのは、身動きのとれない厳しい現実だけであった。渡米前、巨費を投じた機械掘の成果は上がらず、またダンの訴訟問題等が重なって資金が払底《ふってい》し、すでに七万円の借金をかかえこんでいた。周造はこれを六十万円という破天荒《はてんこう》な増資で切り抜けようとし、広範囲に公告をしていた。

金看板

八年三月に帰国してみると、増資の成果が上がっていないばかりか、借金は返済されておらず、相良の事業は、後事を託した株主代表から債権者に譲渡されているという始末であった。このままでは追加購入した二台の機械の代金も払えない。周造は、またもや募金行脚から再出発しなければならなかった。今回は北陸各地から飛驒の方面にまで及んだ。

ダンの訴訟は公判に付された。周造は口頭弁論の際及アメリカでの調査と写真を示して、ダンのやり方に落度があったことを問い詰めた。

ダンは返答に窮した。

判決は、名誉毀損の一万五千円は破棄、二万五千円の報酬未払いは支払えというもので、ネスの予想どおりであった。

支払能力のない石油会社に対し、同年十二月、裁判所から「身代限《しんだい》り」の差紙が送達された。石坂個人の保証があるものについては、会社資産と同様の扱いを受けることになった。これは、士族である周造にとって耐えがたい恥辱であった。しかし、このまま恐れ入っていては、わが身にとっても国にとっても恥の上塗りになる。

尊攘浪士として最初に小伝馬町の牢に入れられた時、屈辱と苦行に耐えかねて自殺を考えたが、越《えつ》王勾践《こうせん》の故事が頭に浮かび「人にくだることができないようでは匹夫の勇にも劣る」と悟って死の淵からはい上がった。周造の不撓《とう》不屈は筋金入りである。

しばらく考え込んでいた周造は、顔を上げて丁稚《でっち》を呼んだ。

「経師屋《きょうじ》へ行って、急いでいるから、いますぐ来てくれるようにと、そういってくれ」

飛んできた経師屋に差紙を示し、

「今夜のうちに、これを金看板に表装してくれ」

「へえ、金縁で鳥居にかける額を大きくしたようなものでございましょうか」

「おお、歌舞伎小屋にかかるようなものでもよい。なるべく派手で立派で目立つようにしておくれ」

翌日届けられた看板は、自宅の表門にかけられた。

さあ、物見高い東京っ子の常、たちまち噂がとび見物人が山をなした。見物人のなかに、この日のことを日記に残していた人がいた。もと加賀藩士、興津《おきつ》寅亮である。

「同宿には同郷の細野氏も滞在中にして、同氏の用向きは石坂氏の石油会社に対する訴訟事件にして、これは山岡鉄舟も関係している有名な事件にして、石坂氏は身代限り処分を受けたるが、維新の風雪をくぐり抜けて来た石坂氏は豪気にして、その処分命令書を金縁の額面に仕立て装具して、自宅の門前に掲げおきたるものにして、余もまたもの好きに見物にでかけたるに、その頃は、身代限り処分を受ける人など稀有《けう》のこととて、多数の見物人群れおり、その異表の掲示を見物しおり」

そのうち、門番があわてて駆け込んできた。

「係の判事さまが見えたもんで、宅へお越しかと思ったら、そのままお帰りになりました」

「そうか。そんなら、金看板を見物に来られたのだろう」

しばらくして、裁判所から呼出状が来た。呼出状と書いた肩のところに「自身」と朱書してある。本人が来いということだ。周造はやむなく出頭した。

「そのもとは、身代限りの差紙を金看板にして、表門に掲載したということだが、それに相違ないか」

「それに相違ございません」

「それでは、裁判所を軽蔑したことになるから早々に取りはずせ」

「申し上げます。私は義勇公《ぎゆうこう》に報ずる尊王の趣意で、あくまで勤王家である。今日、石炭油会社を興して、それに従事しているのは、国益を図って国家に報いる精神でやっているのだから、裁判所を軽蔑する気など少しもない。私は尊敬の意味で金看板にし、人民に感化を及ぼしたいと、うやうやしく掲げた。それが、尊敬はよろしくないというご沙汰ではなく、軽蔑にあたるから取りはずせとの仰せである。それでは石坂、たとえ一命を召されようとも、お受けすることはできない」

裁判官は、ことばにつまり、

「……しばらく控えろ」

といったまま退出した。周造が腰掛けにさがって待っていると、やがて見座と称する下級の役人が出てきた。

「尊敬なら苦しゅうないからよろしい。差し置けというご沙汰です。ご足労をかけました」

周造は帰宅すると直ちに、全株主に破産宣告の金看板が裁判所公認となったという通知を出すことを思いつき、筆をとった。しかし、身代限りの金看板は家計の方を直撃した。このところ、桂子が衣類などを質入れするなどして、やりくりすることはめずらしくなかった。

翌朝、丁稚が使いから帰って桂子に耳打ちした。

「米屋も酒屋も、これまでの貸しは、都合のつくときでいいから、これからはどうか現金でお願いしますと言われました。炭屋へはまだ行ってませんが、どうしましょう」

家財は封印されて、もう動かすことさえできない。様子を察知した周造は、

「金策は、私が今日中にしてくる。みんなは、それまで一歩たりとも外に出てはいかんぞ」

といって、アメリカで買ってきた自慢のフロックコートをひっかけ、表に飛び出した。

周造は、先を急ぐふうもなく、ぶらりぶらりと下谷の方へ歩いていった。やがて、ある小さな寺に入っていった。ここに、かつて東本願寺の役僧だったが、経理上の不都合をしでかし、周造

が周旋しておさめてやったという僧がいた。

僧は事件間もない頃、危急を救ってもらった礼だといって、千円を持ってきた。しかし周造は
「ご好意は有難い。が、これは他日私が何かで困ったときにお受けすることにする」

といって、押し返したことがある。周造はそれを思い出したのだった。

出された茶菓に手もつけず、いきなり切り出した。

「新聞でご存じのとおりだ。とうとう仏さんに喜捨《きしゃ》してもらう羽目になりました。例のお金でこっそり工面《くめん》してもらえんかな」

「死んで詫びをしようと思っていたところを助けていただいたのです。ご恩は、決して忘れることはできません。ただ、あいにく今すぐにはご用立ていたしかねます。どうか晩までお待ち願えませんでしょうか」

夕方、住職は九百円を持参した。周造は当座の入用や質に入っていた道具類をすべて受け出させた。

こうしたことから、

「石坂は身代限りになったが、あいかわらずいい身なりで外出するし、かね払いもいい。どこかにまだかねが隠してあるのに違いない」

という、評判が立った。

「これに乗らない手はない」

と、すぐ次のひと芝居を思いつき、翌日仕事師の親方を連れて浜町河岸まで出かけた。竜頭の大

石が五十五円で売りに出ている。これを買うことにした。

「急がなくてもいいぞ。できるだけゆっくり、わいわいと大声を立てて、にぎやかにひいてくれ」

意を受けた親方は、早速その日からとりかかった。

「石油会社石坂周造邸御用」

と書いた札をしばりつけ、コロをかませながら日本橋、神田の大通りを何日もかけて、騒ぎ立てながら引かせた。

「身代限りもどこ吹く風だ。こんどは大石をはりこんで、庭普請を始めるてえじゃないか。こりゃあ、巨万の金がまだどこかに隠してあるに違いねえ」

と、たいそうな評判になった。無論、商店などとの取引は旧に復し、家計の危機を回避することができた。

その反面、こういった山っ気が、次第に世間に不信感を抱かせる原因となった。また、社中のなかにも事業に見切りをつけ、周造のもとを離れるものが多くなっていった。

天皇資金

明治十年二月、鹿児島県士族にかつがれた西郷隆盛が挙兵した。西南戦争の勃発である。

当時、明治政権の頂点にいた右大臣岩倉具視《ともみ》から、周造に対し、

「付属の者を引き連れて、西南の役に赴くよう」

との内命があった。

政府は、徴兵制による常備軍約四万人のすべてを投入し、さらに各地から警視庁巡査として徴募した士族など約八千人を、別動第三旅団、新撰旅団に編成、参戦させることにしていた。これらは、農民を中心とした常備軍と違って失業士族が多く、軍紀や統率に不安がつきまとっていた。

岩倉が望んでいたのは、人をまとめたり動かすことができ、かつ場数《ばかず》を経た人材を、ひとりでも多く戦列に加えることであった。

岩倉をたずねた周造は、まず長広舌《ちょうこうぜつ》をふるって参戦を断わった。

「私は明治四年以来、官途に見切りをつけて民間に下り、ひとつの事業を興そうという精神で石油事業を始めました。しかるにダンという者にだまされて、このような不体裁な始末となり、今日ではほとんど進退両難の窮地におちいっています。それ故、私が閣下のご命令をお受けして戦場に赴くには、身を忘れ家を忘れるのでなくては、手柄を現すことができません。もし討死でもすると石坂は石油事業に失敗して首が回らなくなったものだから、猪《いのしし》ぐるいに戦に出ていって死んだという汚名を受け、死後に恥辱を残すことになります。

ことにまた、石油事業がりっぱに開発されてでもいるのであれば、私が身命を投げうつこともいといわないのですが、いまは失敗のあげくで、誰ひとり自分のあとを継いでくれるものはありません。それに私は、国家にとってこれほどの大事業は日本にないと考えております次第で、なにぶん戦は自分の好むところではあるのですが、ご命令には応じかねます。そのかわり、少しでもお役に立つような者を募集してさしあげることにしましょう」

公に報ずることより、名を重んずることの方が優先するという気風が残っていた時代ではあるが、いささか牽強附会《けんきょうふかい》のそしりはまぬかれない。その後勝海舟も、岩倉から西郷説得の要請を受け、これを断わっている。

革命に際し意思を通じあったことのある周造や海舟なら、中央での政争に破れ、戊辰戦争を戦った不平士族の突き上げに追い詰められた西郷の立場、そして死場所を求めて出陣した心境が、痛いほどよくわかる。

もはや、革命は終っているのである。明治政府の政治的失敗は、彼らに何の責任もない。「英雄の心、英雄知る」である。ここで西郷と相まみえないことは、二人にとって選択できる唯一の情義であると考えていたのだろう。岩倉も明治革命を演出した聡明な公卿である。そこいらの理解は誰よりもあったはずである。

周造は、続けて切りだした。

「さて、閣下。ほぼお聞き及びでもありましょうが、この度のダンの訴訟では、どうしても三万円の金がないと、身代限りが解けません。日本人同志なら私の身代はもちろんのこと、事業一切を潔《いさぎよ》く引き渡して、ともどもこの人の事業を成功させるよう尽力するのですが、アメリカの油の輸入を防ごうという精神で始めたこの事業が、こともあろうに、その国の者に打ち壊されるばかりか、自分の大切な名誉まで奪われては、国家に対しても私は不忠と考えます。

もともとこの事業を興すに至ったのは、自国の需要を満たし、かたわら輸入を防いで、国家の公益を図ろうという精神だったのですから、私が身代限りをするのは私一個人の恥辱ではなくて、四千万同胞の恥辱であり、日本の恥辱なのですから、身代限りは何としても耐えがたいのです。なにとぞ、閣下のご配慮によって三万円のご才覚に預かりたいと存じます」

「それは、いかにももっともなことであるが、三万円はなかなかの大金であるぞ。もし、その金ができない暁には、貴様はどうする考えか」

「これが、いよいよ閣下のご配慮でもできないとあれば、非常手段に訴えます。非常手段とは強盗をすることです。強盗をしてダンに金を払い、自首して処刑を受けます。そうすれば、私が強盗として処刑されるにとどまって、私ひとりの恥辱と相成ります。

外国人に対する給料残金その他は瞞着《まんちゃく》にかかったので、自分らの知識が足りなかったために事ここに至ったのですから、支払ってやりさえすれば、国家の恥辱、同胞の恥辱とはなりません。強盗をすれば、自分ひとりの汚名を千載に残すまでのことです。私は国家の恥辱を残したくない精神であります」

「それはおもしろい話だ。しかしまあ、その非常手段はよした方がよかろう」

「お言葉、まことに有難う存じます。しからば、ご好意に免じまして非常手段はとらないこといたしますから、三万円の金は何卒ご配慮いただきますように。自分としても、汚名を受けたり懲役に服したりは、いたしたくありません。そのかわり、今後は処刑を受けたつもりで国家に尽くす心組ですから、ぜひともご配慮を」

「いずれ考えてみよう」

周造は、右大臣が考える、といったからにはもう大丈夫だと確信し退出した。

岩倉は、有力株主であった田安、春嶽、九条ら七名を呼んだ。株主らは、周造から出資をすすめられて大金を投じたものの、周造の目論見とは違って、株券が紙切れ同然になってしまったことを訴え、周造を口々に非難した。

旧大名や華族は、明治政府から一定の財産権が保証されたが、先行きに不安があったのか、革命で失った特権的資産増殖システムに代わるものを模索している最中であった。そこに現れた周造の株式が、格好の金の卵であるかのように思えたのだ。

「貴様たちは、石坂を山師だからいけないの、なんのかんの申しおるが、石坂のやり方は決して山師ではない。甲寅《こういん》以来国事に尽くし、また今日まで熱心に石油事業にたずさわっている、立派な丈夫《ますらお》だと思う。お前たちは華族として尊敬されていても、そのやり方は、むしろ山師に近いものがあろう。一旦約定したものは、どこまでもやり遂げるがよい」

と、説論した。

当時、株主と周造の間は、極端に悪化していた。間に立つなどして、何かと周造を支援し、資金も投じてきた山岡鉄舟にも迷惑が及ぶと見て、周造の方から交際を絶っている有様であった。

鉄舟は、仕官を断わり続けていたが、断わりきれず、十年の約束で天皇の教育係のような仕事についており、この頃宮内少輔の地位にあった。

天皇の若い頃、晩餐の酒の席で法律についての議論が始まった。天皇の意見に鉄舟はなかなか同調せず、天皇が怒って立ち上がった。

「山岡ッ、相撲を一番こい」

と、拳を上げてつっかかったが鉄舟は応じず、座ったままそれを避けた。勢い余った天皇はその後ろへ転倒し、手か顔をすりむいた。あわてた侍従たちは入御を請い、侍医に手当を命じた。

侍従長は盛んに謝罪をすすめたが、

「私の一身は陛下に捧げたものだから、負傷などは少しもいとわぬ。しかし、陛下が酒にお酔いになったあげく、拳《こぶし》で臣下の目玉を砕いたとなったら、陛下は古今稀な暴君と呼ばれさせ給わなければなるまい。また、陛下ご自身、酔いのさめたのちに、どれほど後悔遊ばされることか。

陛下が負傷遊ばされたことは千万恐懼《きょうく》に堪えぬが、誠にやむを得ぬ次第である。君は私のこの微衷《びちゅう》を陛下に申し上げていただきたい。それで陛下が私の措置を悪いと仰せられるなら、私は謹んでこの場で自刃《じじん》してお詫び申し上げる覚悟でござる」

といってその場に正座して動こうとしない。

そのまま寝込んで、朝方目をさました天皇は、気になったとみえて鉄舟の様子を聞いた。

「悪かった許せ、今後、酒と相撲はやめる」

と仰せいでられた。

鉄舟は、聖旨《せいし》に感泣しうやく退出した。鉄舟の勤めぶりは、このようであり、天皇の信任もことのほか厚かった。

周造の陳情を受けた岩倉は、その一両日あとに鉄舟を呼んだ。

「かしこきあたりのお金を、一時石坂に貸し与えて危急を救ってやりたいが、いかがかのう」

「石坂は、仮にも私の義弟でございます。何ともご挨拶いたしかねますので、閣下のご配慮にお任せ申し上げます」

やがて、右大臣から「貸しつかわす」のご沙汰があり、周造は公然と天皇の金を手にすることができた。

維新三舟

これで、周造はダンの補償とネスの弁護費用を払い、身代限りの強制執行だけはまぬかれた。しかし、国内の債務は依然として残り、投資回収の見込みがなくなった株主をはじめ、各方面に多大な影響をもたらした。

大株主のうち小池詳敬は、正院の大主記という高官位にあったが、投資の回収がおぼつかなくなったことから官を捨て、石油会社再建のため西日本各地を株式募集のため遍歴した。この捨身の努力も報われず、貧困と心労が重なって失意のうちに病死した。

また、越前松平家の家扶蟹江某は、主家の名で石油株の募集に応じたほか、債務保証にまで手をだし、主君に申し訳が立たないといって割腹して果てるなどの悲劇も生じた。

周造は六十万円の第二次増資が不首尾であったにもかかわらず、十一年八月十六日付の読売新聞に、四千字近くに達する「石油会社再興の広告」を掲載し、出資を呼びかけている。

「……余が今後において盛大を容易とするは信ずるところありて確述するなり。しかしてその進取の資本は、いまこれを新たに醵集《きょしゅう》せざるべからず。しかるに衆株主の景状を観察するに、具眼《ぐがん》の人を除くのほかは、羹《あつもの》に懲《こ》りて膾《なます》を吹くの情なきあたわず。故に進業の企ては、これを株主一般のみに図るは、大事を挙ぐるの策にあらざれば、よろしく社の内外を問わず、ひたすら有志者を世に求むべし……」

しかし、もはや周造の強気一本槍の呼かけに、易々として出資する人はなかった。それどころか、種々の理由を述べたてて訴訟を起こし、損害をとりもどそうとする株主があとを絶たなかった。

そのようななかで、社員の斉藤延世、正木誓、後藤象吉郎の三名は、周造が公金一万円を着服したという理由をあげて排斥運動を起こした。これも訴訟事件となったが、内部に不信を持たれるようでは、石油会社社長を続けるわけにいかぬと、三名に後事を託して十二年に自ら身を引いた。

なお、社金私消の疑いは、妻桂子の日記にある付け込み帳が証拠となり、嫌疑を晴らすことができた。桂子の日記は詳細で、焼芋二銭から旦那さまご用立て二円などまであり、逆に九千円ほどを家計から会社に立て替えていることがわかった。

周造は、後援者の多い静岡で再起を図ることにした。そのため、神田明神下の屋敷を八千二百円で売り払い、家族ともども遠州相良へ引き移った。

これを喜んだのは妻桂子であった。永年住みなれた東京を去る寂しさより、兄や姉のいる静岡で、ささやかながら温かい平和な家庭をきずくことに、再出発の夢をふくらませていた。相良の新居は、周造が最初に来て泊まった宝泉寺の一部である。

周造の事業地は、一万五千円の抵当として鹿児島の海江田信義《かいえだのぶよし》の手に移っており、順調に業績を伸ばしていた。このため、買い戻し交渉は難航をきわめた。そこで周造は、静岡で最初に事業に手を染めた村上正局らと組んで、地元、公益優先を旗印に、郡、県を動かし、新会社を創って海江田の事業をそのなかへ吸収することを考えた。

榛原《はいばら》郡長はこれに乗り、周造らの企画にする新会社に、

「各村戸長において部下人民を勧誘し、競って入社いたし候よう」

という「論達書《ゆたつ》」を用意してくれた。

こうして七万五千円を募集し、海江田に三万五千円を払って企業を買収した。

周造流の相当きわどい手の回し方だったが、海江田はあっさりとこれに応じた。海江田は西郷隆盛とともに官軍東征に加わり、東海道先鋒の参謀として江戸入城を果たした栄誉ある軍人で、勝海舟とも昵懇《じっこん》な間柄である。周造の知己であったかどうかはわからぬが、周造に融資した結果ころがり込んだ事業に執着する気は、もともとなかったのだろう。

一方、周造の息子の宗之助は、アメリカで学んだ方法で石油から髪油《かみあぶら》を製造することを考え、東京葛飾に製造所を設けた。製品は好評とはいい難かったものの、これに「天香油《てんこう》」という名をつけて販売した。周造には、出油量のあがらない相良油田の不利を、付加価値の高いや薬品を製造販売することで、しのごうという構想があった。

しかし、地におちた周造の信用を回復することは、なかなか容易なことではなかった。特に、鉄舟を介した多額な借金がそのまま残っており、山岡家を窮地におとしいれていた。鉄舟が宮内省から受け取る月給三百五十円のうち、二百五十円が差押えられる始末であった。桂子の苦悩は、

東京時代をはるかに上回るものがあったに違いない。鉄舟自身は、

「これも修行のためだと思えば案外楽しみなものだよ」

と平然としてたという。

かつて西郷隆盛が海舟と高輪で会談したとき、鉄舟を評して「腑《ふ》の抜けた人」といった。海舟がその意味を問うと、

「生命《いのち》もいらぬ、名もいらぬ、金もいらぬといったような始末に困る人」

なのだといい、徳川公のえらい宝だと答えた。

このような底の知れない鉄舟の高邁《こうまい》さにくらべ、周造が、世間に厚顔無恥な詐欺《さぎ》師としかうつらなかったのは無理もない。また鉄舟は、義兄の高橋泥舟や勝海舟らとともに、ときどき宝泉寺を訪れては周造を励ましており、求めに応じ揮毫《きごう》をふるっていた。周造はこれらの書の多くを換金したり、権利獲得の謝礼がわりに使うなどして資金の足しにした。「維新三舟の書」などとして各地に残っている書は、周造の手を経たものが少なくない。

有司専制《ゆうしせんせい》

中野貫一

明治政府官僚として最初に石油関係の調査に当たった大鳥圭介は、アメリカ視察を終えて帰国し、明治七年九月に内務省勧業寮四等出仕を命じられた。

内務省は、征韓論を唱えた西郷隆盛や板垣退助など、有力な政敵を追放した大久保利通が、独裁的権力を掌握するために築き上げた独特な組織である。警察と地方行政を指揮するだけでなく、今の自治、通産、建設、郵政、運輸などの各省庁が所管する仕事にも権力が及ぶという強大なものので、戦後占領軍に解体されるまで、官僚機構の中枢を成していた。

大久保は、自らその卿に就任するとともに、両翼に大蔵省と工部省を置き、大隈重信《おおくましげのぶ》と伊藤博文《ひろぶみ》を配した。この三省で中央官僚の半数以上を占め、その中核を担ったのは、大鳥のような知識技能の蓄積がある旧幕臣などのエリートたちであった。

「大凡《おおよそ》国ノ強弱ハ人民ノ貧富ニ由リ、人民ノ貧富ハ物産ノ多寡ニ係ル、而テ物産ノ多寡ハ人民ノ工業ヲ勉励スルト否トニ胚胎《たいはい》スト雖《いえど》モ、基源頭ヲ尋ルニ未タ嘗《かつ》テ政府政官ノ誘導奨励ノ力ニ依ラサル無シ」

大鳥は、この大久保の指針に沿って、八年九月二十二日、信越羽三州の石油業実態調査を目的に、三名の属員をともなって東京を出発した。最初の視察地長野県では、周造の石油会社にも立ち寄った。善光寺町の精製所は、大鳥が見る国内で初めての石油工場である。

西洋風の事務所に続いて、一石五斗前後が入る鉄または銅製の蒸留釜三十一個が立ち並ぶ光景は、米国のそれを見てきた大鳥には貧弱に見えたものの、予想以上のものであった。しかし、稼働率は低く一日あたり三石六斗で製品に対する評価もあまり芳しくなかった。

「此地にては硫酸も曹達《ソーダ》も馬背にて東京より五十八里も運搬し来る。その価太貴《はなはだたか》し、故に今は之を用うる能はず。石油は唯一回蒸留せし儘《まま》にて売捌《さば》き、其価上等のものにて壱円に付一斗位なり」

油田をいくつか見たのち、すでに周造がダンの失敗で事業を放棄している仁棚に赴いた。周造はダンの訴訟事件結審前で、現地にはいなかったが、大鳥が出発する前にも両者が接触した形跡はない。

「爰《ここ》に米人ダン氏の西洋器械を以て穿《うが》し井戸あり。一時錐を落し、且出油なきより、全く之を廃し、今は其跡砂礫《されき》に埋れて、僅に痕跡を遺すのみ。其辺《そのあたり》河側等を捜索すれ共、さらに石層を見ず。或云う此河の水際より少く油の浸出しありしを以て、爰《ここ》に器械を据えしなりと。苟《いやしく》も地質学の一端をも窺知《うかがいし》るものなりせば、唯夫而已《それのみ》に由て地を定むるが如き、迂闊《うかつ》の業を為すべきに非ず。然共《しかれども》、其果して何に拠れるや理解し難し」

大鳥の目から見て、周造の事業も児戯にひとしく見えた。

大鳥は、アメリカ石油業視察の報告書『山油編《さんゆ》』を帰国数年後の明治十一年に開拓使から刊行している。これは、わが国における最初の石油解明の書であり、明治時代を通じて石油のバイブルとされるほどの貴重な文献である。その知識を日本のためなぜもっと早く生かそうとしなかったのだろうか。この時期に、大鳥と周造が力を合わせていれば、日本の石油史のスタートが、全く異なったものになっていたに違いない。

大鳥は、そこから越後に回り、高田周辺の油田を視察、柏崎から西山各地を巡った後、信濃川を下った。

その頃、越後国中蒲原《なかかんばら》郡金津《かなづ》村の地主、中野貫一の所へ郡役所から、

「工部頭兼製作頭　大鳥圭介閣下、当地御巡見の趣これあり、よって左記の事あらかじめ書面を以て御申告に及ぶべし」

という達しがあった。

中野は弘化三年生まれで、当年二十九歳になる。庄屋役であった父治郎左衛門が病没し、わずか十四歳でその跡を継いだ。越後平野をうるおす信濃川と阿賀野川にはさまれるように低い山並、護摩《ごま》堂山塊がある。そのなかの一寒村である金津で、二十そこそこの庄屋・中野は、戊辰戦争の攻防や明治革命を見てきた。

中野が明治政府の制定した『日本坑法』にしたがって鉱区を取得し、初めて手掘りで試掘に成功したとき、その感激を日記にしるした。

「石油之義不相変《あいかわらず》先月ノ如ク出油仕候。天我ニ洪福《こうふく》ヲ与エ、方今《ほうこん》開明ノ際、国益ヲ盛大ニ期シ良便タルコトヲ授与シ玉ウナリ。謹而《つつしんで》天恩ノ尊キヲ知リ、朝旨ヲ遵守シテ猥《みだり》ニ我功労ニ驕《おご》リ、国益ヲ疎ニシ、家事ヲ猥《みだら》ニ致シマジキコト」

一年前のことである。しかし、その後の事業ははかばかしくなかった。

中野は大鳥の視察にそなえて、屋敷の戸障子を張り替え、畳を新しくした。自然の景観を取り入れた広い庭があるものの、屋敷は、代々の庄屋の家にしては小ぶりで、障子など古紙の継ぎはぎだらけであった。

大鳥は新津に着くと、近傍の柄目木《がらめき》油田などにでかけただけで、そのまま宿舎に引き上げてしまった。

翌十月二十日早朝、木綿紋付の羽織の姿で着物の裾を端折り、センの木の下駄履きで、金津から新津まで二里余りの道をいそぐ中野の姿があった。手にした風呂敷包のなかには、小倉袴、足袋、筆記用具のほかに、いつものように、にぎり飯の用意もしてあった。大鳥から精製技術のヒントが得られるかもしれない。千載一遇の機会である。ただ漫然と視察を待っている気にはなれなかった。

宿舎に着いた中野は、広い座敷で大鳥に面会した。中野は元旗本に対する礼をとって敷居際に平伏した。

「金津村・中野貫一か、書付は届いている。大儀であった。その後の試掘は進んでおるか」

「はい、十八本掘ってみましたども、出ているのは一本だけでごぜえます。最初は一日一石、近ごろは七斗がせいぜいでごぜえます」

「深掘りはいたさんのか」

「金津では浅いところに油がありますすけ、十間ほどで出てきます。それ以上掘りますと水や砂が吹き出し、井戸を崩してしめえますすけ、掘られねえようになります」

「値はいかほどにしておるか」

「一升が二銭四厘、卸だば一銭五厘で買うてもろうとります」

「それはまた安すぎはしないか」

「はい、ここのくそうずからとれるランプ油は色がとれず、すすが多い上火つきも至って悪うごぜえます。ボーメで二十八度から三十度のものがやっとでごぜえます。なんとか改良しねばいい値で売れませんもんだすけ、硫酸、苛性加里のほかに石灰、石膏、明礬《みょうばん》、樟脳《しょうのう》、硝石、マグネシア、酒石酸、硼砂、天花粉といろいろ試してみましたろも、一向にようなりません」

新津地区の原油は、ガソリン分や灯油分はほとんど含まれていないどろっとした重質原油で、西山の原油に劣る。それを大鳥も承知してはいたが、ボーメという粘度の単位が、この風采のあがらぬ男の口から発せられたとき、一瞬ドキッとした。

しかし続いて中野が試してみたという薬品、材料の名は、最初の二品目をのぞいて、大鳥が持っている広範な知識に照らしても不合理かつ幼稚な発想にしかすぎないと思った。

「舎密《せいみ》の術を心得ずにあれこれ調合を試みるのは、地質学もなくそこここ掘り立てる山師同然であると思わぬか。追々工部省の方でも機械、道具の類も製造する。国家の方針を見違えることないよう精進すれば、いずれしかるべく個々にもご指導をいただくようになろう」

舎密の術といえば今日の化学、つまりケミストリーである。漢学、国学の素養しかない中野の手の届くところではない。中野は、大鳥の発言に道理があると考えた。

「は、はい。かたじけねえことでごぜえます。製造はひとまずおいても井戸の方に性根《しょうね》を入れることにしたいと存じます。金津村もどうぞご検分のほどを」

「天ヶ沢、金津、塩谷《しおだに》、朝日、田家《たいえ》など一行のいずれかが、一両日中にも検分いたす。求めがあれば、井戸汲み場や近くの崖、切通しなど地層の見える所を案内するように」

中野はもう一度平伏した。

官営と陰謀

大鳥の山野を駆けめぐる健脚と几張面《きちょうめん》な観察記録は、戊辰戦争時代のそれと何ら変わるところがなかった。中野の前を風が吹き抜けるように視察団が過ぎ去った。

大鳥は予定していた調査を終え、大久保利通卿に『信越羽巡歴報告』を提出した。

九年二月、大鳥の報告を受けて内務省から内務卿宛に伺書が出された。これは、石油の探鉱と削井を国が直接行なうための予算申請書である。

その内容は、大鳥の調査を引用しながら、有望な官業予定地として北越地方を挙げ、現在のように地方群小業者が経営を続ければ、非科学的な乱掘で油田の寿命を縮め、過小資本のため計画的な事業継続ができず、一発勝負の投機が主流となって、産業としての発展が見込めないという分析をしている。

そして、これを行政指導するにしても限界があるので、

「最モ出油ノ夥多《かた》ナル地ヲ撰《えら》ミ冠文（測量、削井に着手すること）ノ順序ヲ以テ悉皆《しっかい》勧業寮ニ於テ執行イ一ノ国産ヲ興出シ併セテ暗昧《あんまい》ノ人民ヲ実際ニ誘導勧奨イタシタシ」

と官営の必然性、正当性を強調したものであった。

このころ、大鳥は工部省に移っていたが、大鳥の判断に加えて、当時四民平等の上に忽然と現れた特権階級である官僚の発想が加わっている。

ほぼ同時期に、川路利良《かわじとしよし》大警視が内務卿に出した建議書にも、似通った表現がある。

「頑悪ノ民ハ政府ノ仁愛ヲ知ラズ、サリトテ如何セン、政府ハ父母ナリ人民ハ子ナリ、タトエ父母ノ教ヲ嫌ウモ子ニ教ウルハ父母ノ義務ナリ、誰カ幼者ニ自由ヲ許サン、其ノ成丁《せいてい》ニ至ルノ間ハ政府宜シク警察ノ予防ヲ以此幼者ヲ看護セザルヲ得ズ」

このような政府、官憲の権力集中に加え、民衆を暗昧で頑悪なものとする官僚独裁政治は、各地で大衆の反抗とそれに対する弾圧を激発させ、有司専制に反対する自由民権運動を高揚させた。さらにそれは国会開設促進の動きへとつながっていく。

ヘボン塾で兵法に熱中し、官軍と対敵するなど、革命まで大鳥と同様な軌跡をたどった沼間守一は、民権派言論人として頭角を現し、十四年末に自由党旗揚げの中核となった。

「広ク会議ヲ興シ、万機公論ニ決スヘシ」

という明治革命の理想をうたった五ヵ条のご誓文が、藩閥政治のもとで色あせようとしている。

全国からの請願の波は政府に殺到した。

官営試掘第一号は、越後西山の赤田《あかだ》村で明治十二年に手掛けられた。これには国産の機械を使い、周造のもとを離れた広瀬貞五郎も技師として参加した。その後政府は三島《さんとう》、頸城《くびき》両郡下にも試掘の手をひろげる一方、各地油田の測量という名目で、民間業者による日本坑法違反の有無をあわせて調査していた。

中野の事業は、創業時の地道な苦労がみのり、十九年までに産油高が五十石、八十石とふえていった。金津の井戸が成功しはじめたことと、隣接塩谷地区の試掘がいずれも好成績であったことによる。

その年の六月、前戸長として役場に立ち寄ることを日課としていた中野は、戸長から呼び止められた。

「なんでしょうね、これは」

戸長からわたされた紙片は県庁からの通達である。

其部内石油借区坑業人末記ノ者、明治六年第弐百五拾九号交付日本坑法違背ノ者ニ付営業禁止ノ義相達候条、借区場ニ於テ穿掘シアル井ヨリ、石油汲採ハ勿論其他不取締ノ義無之様堅固ノ柵囲ヲ以テ保管可致、且ツ該費用ハ借区人ヨリ弁償セシムベシ。

新潟県知事　篠崎五郎

末記　中野貫一
九鬼隆義
真柄富衛
鶴田熊次郎

突然の操業停止、差押え命令で、中野も何のことかさっぱりわからない。

「何かの間違いだこてさ、私が確かめてみるわね」

中野はただちに県庁宛の伺書を作って提出した。二、三日後に付箋をつけた伺書が戻ってきた。

「伺出ノ件指命ノ限リニ非ズ」

門前払いである。納得ができない中野は、戸長を通じて再度照会状を提出した。すると今度は、日本坑法第二十款《かん》、第二十四款、および明治六年工部省五号達示に違背した廉《かど》による、といってきた。工部省五号達示というのは、外国人との共同事業や鉱山の担保差入れを禁じたものだが、『鉱山心得』同様石油を意識していなかったせいか、新潟県下には公布されていなかった。また、日本坑法第二十款は年間の最低操業度を義務づけ、第二十四款は借区を他人に譲渡する際は鉱山寮の許可が必要なことを規定している。

中野にとっては、何ひとつ身に覚えがないことであった。第二十款は、その解釈で争う余地があったにしろ、その他の事実関係は立証するまでもない濡れ衣で、ためにする言いがかりであることは明白であった。

これに追い打ちをかけるように、十九年八月、新潟県令第七号というのが出た。

「鉱山局ニテ油田取調ノ都合有之、中蒲原郡ニ限リ当分ノ間、試掘、借区共許可セズ」

その半年後、今度は鉱山局から達二十六号で、

「中蒲原郡鉱区ハ取調済ニ付何人ニテモ借区出願ヲ為スコト得」

といってきた。ただし前借区人の中野らには出願の権利がないことになっている。そこで中野と親交のある隣村下新《しもしん》の本間新作など、数名の地元有力者が出願の名義人となり、直ちに手続をした。

許可の決定が引き延ばされ、出願者に、地元民でも石油事業者でもない「田尻《たじり》義隆」の名が現れたのは、さらに一年ほど経過した頃であった。

政府の一連の動きは、不審さを増すばかりである。中野らにかわって鉱区を出願した本間新作らは、上京して土方久元農商務相に直願した。その際、

「郡内の名誉と資産を兼備せる本間外二名借区を出願し、加うるに地元坑業人も十中八九は賛成に付右本間等へ許可相成り度」

という県の意見もたずさえて行った。

土方は、土佐出身で反薩長、反民権の中正派といわれている。地元坑業者の請願には一定の理解を示した。中野らがこれにひと安心したのも束の間、土方は在任三ヵ月で副総理兼務の黒田清隆と交替した。

黒田は篠崎県知事と伊藤鉱山局長を招致して意見を聞いた。篠崎が本間等への許可を推薦したのに対し、伊藤は田尻を推してゆずらなかった。

そして二十一年五月、最後願者の田尻に許可の指令が与えられた。ところが田尻はそれを待っていたように、権利を二万円余で他に転売するという暴挙をあえてした。田尻は、元工部省灯台局奉職の奏任官で肥後の出身、三年ほど前に石油の買付けと称して中野に会っている。

灯台用の灯油は一般用と違って厳しい規格が要求されており、英国ものが主であった。その値段も一般向け卸が十ガロン一円前後に対し、二十五円と飛びぬけて高かった。それに目をつけた公卿の塩小路光孚《みつざね》が、国産原油で製造に成功し、続いて新潟医学校出身の田代虎次郎も、越後油と米国油をブレンドしたものから製品化、「無二光油」と銘うって灯台局に四円で納入した。これが十七年のことである。

田尻は中野をその後もたびたび訪れ、事業への参加ないしは譲渡を申し入れていた。中野が断わったところ、今度は中野らの事業では油田改良ができないという意見書を佐々木高行工部卿宛に提出した。これに基づき田尻の線で現地調査に当たったのが伊藤鉱山局長である。県知事にも及ばぬ中央の権力で事業略奪に手を貸していたのだ。

中野は事件発生以来、知事、大臣はもとより、侍従を通じて天皇に至るまで、請願、懇願を繰り返すこと十五回に及んだ。しかしこの間にも政府の民権抑圧は進み、保安条例の公布や言論の封殺が図られた。

共に運動してきた同志は、ご一新があっても「長いものにはまかれろ」ということには変わりない、お上に手向かいすれば傷を大きくするばかりだと脱落していった。中野も、親戚縁者から「もはやあきらめて石油から手を引いた方が身のためになる」とたびたび忠告を受けていた。

しかし、中野の不屈の信念はゆるがなかった。中野は請願書のなかで自らを「僻遠蠢愚《へきえんしゅんぐ》の民」と謙遜している。これは、中央官僚の「都鄙雅俗《とひがぞく》」意識に対する、痛烈な皮肉を込めた反抗といえよう。

二十四年五月、中野は遂に国・県を相手取って鉱業禁止令取消しの行政訴訟を提起した。主務官庁は、中野の抵抗をすっかり押え込んだつもりでいた。また声援を送っていた地元でも、資産を食いつぶしてなお、お上にたてつく中野に対し、

「とんでもねえことをしなさるのう」

という、感嘆と憐憫《れんびん》を交えた目で見ていた。

裁判長は田尻の存在に着目した。この段階で非理曲直は明らかである。当局の防訴抗弁にもかかわらず、同年十二月原告勝訴の判決があった。

「坑法二十四款は、如斯《かくのごとき》条項を規定せられたるものに非ず、また明治六年の通達は人民への通達なく、法律の適用を誤りたる処分である。よって該禁止令は、原告請求の通り取り消すべし」という要旨であった。

当局は原状に復帰することの困難を理由に、示談に持ち込む方針で中野を「説諭」したが、裁判の結果三万五千六百一円七十五銭八厘の賠償金を中野に支払うことで落着した。

世にこれを、塩谷鉱業事件という。

大鳥の変転

この事件が起きた頃、大鳥はすでに石油とは直接関係のない地位に転じていた。十五年に工部大学校長、十九年には学習院長と、利権とは縁の遠い教育、啓蒙の分野で活躍していた。おそらく大鳥の学識と律儀《りちぎ》さが、当時急務であった教育界で必要とされたためであろう。

また黒田清隆はこの間、農商務大臣から総理大臣に進む。黒田は北海道の官物払い下げ問題などの責任を問われ、詰め腹を切らされて間もない時期でもあり、この事件の利権をめぐって何らかの影響力を行使したとは考えにくい。

たしかに、明治初頭から元勲といわれる大物を巻き込んだ横領、疑獄、陰湿な権力闘争などは枚挙にいとまなく、官僚の利権あさりや政商の暗躍は、目を覆うばかりであった。

しかし中野の執念はそれにうち勝った。二十二年に帝国憲法が公布され、翌年の総選挙で国会が開設されたことも、中野を勇気づけたに違いない。

ここで、大鳥が官僚として最後に勤めた清国、朝鮮公使の時代について触れておきたい。

維新後の日本にとって最大の外交課題は、不平等条約解消と朝鮮問題である。政府は、欧米先進国から受けた差別を国力、国威の向上で解消せざるを得なかった。また、この力の論理を、近代化に遅れをとった近隣諸国に及ぼすことに、何の疑いも持っていなかった。

鎖国を続けていた朝鮮に対し、軍艦で脅しをかけ国交を開かせたのは、日本である。明治八年十二月にその衝に当たった特命全権弁理大臣は、当時参議・陸軍中将の地位にあった黒田清隆であった。

締結をみた「大日本国大朝鮮国修好条規」は「朝鮮国は自主の邦にして日本国と平等の権を保有せり」としておきながら、治外法権その他、日本がペリー提督にしてやられたと同じ不平等かつ差別的な内容であった。

外交には不慣れで、宮廷の内紛に明け暮れする朝鮮国にとって、頼りになるのはやはり永年の宗主国清国である。日本政府は清国の影響力を排除し、日本の権益を伸ばすため、ようやく整ってきた軍事力にものをいわせる方向へと進んでいった。

日清戦争直前の二十七年六月、政府は東学党の暴動を鎮圧するという口実を設け、陸海軍を朝鮮に出撃させることにした。

時の公使である大鳥は、京城《ソウル》に駐屯した陸戦隊を朝鮮王宮内に乱入させ、強引なクーデターで親日政府を樹立するとともに、朝鮮からの依頼で進駐していた清兵の撤退要請書を、露骨な脅迫のもとで書かせた。これが日清戦争の引金となり、朝鮮侵略の第一歩となった。

大鳥は自らの知識、常識に照らして事を進めようとしていた。また、公式の訓令も平和裏《り》に目的を達成することを第一としていた。しかし外務大臣陸奥宗光《むつむねみつ》をはじめ、既に大軍の動員を完了していた政府中枢の本音は、違うところにあった。口頭で大鳥にもたらされた秘密指示の内容は「行キガカリ上開戦ハ避クベカラズ依ッテ曲ヲ我ニ負ハザル限リハイカナル手段ニテモトリ開戦ノ口実ヲ作ルベシ」

といったものである。大鳥は見事これに応えた。

さらに功を急ぐ陸奥は、回想録『蹇蹇録《けんけんろく》』で自ら表現している「狡猾《こうかつ》手段」、「高手的外交政略」、「強手処分」を駆使してでも、無謀な内政干渉を強行し、派兵のつじつま合わせをするよう大鳥に求めていた。

明治維新のような大改革を、望んでもいない国に押しつけ、

「清国には独立自主の国だといえ、日本に対してはいうとおりにしろ」

という無理難題である。順調に進むはずがなく、欧米諸国からの非難をたくみにかわす必要もあった。

そこで責任を一身にとらされた大鳥は、召還、解任となり、各大臣を歴任した大物政治家、井上馨《かおる》と交替した。

こうして起こされた日清戦争について、

「朝鮮を属国扱いする清から解放する義戦である」

という手放しの礼賛をしたクリスチャンの内村鑑三や、朝鮮を文明に反する野蛮に位置づけた福沢諭吉をはじめ、ほとんどの日本人が戦勝を祝し浮かれ立った。そのなかで、これを冷静に観察し「不義の戦争」と批判したのは、勝海舟ぐらいのものであった。

大鳥は、明治革命の戦陣で朝敵の汚名を被りながらも、幕府、新政府を通じてのエリート官僚であり、数少ないテクノクラートであった。軍事、鉱工業、教育、外交などそれぞれの時期において、最も重要な分野で活躍しているにもかかわらず、それが直ちに大鳥の功績に結びつくことはなかった。

石油に関していえば、彼がもたらした近代産業化への指針は、官業としては失敗したものの、

後日民間で見事に開花することになる。

四十三年、征韓論以来の日本支配層の野望である日韓併合が実現した。

その陰で、大島はついに中央の顕官に迎えられることもなく、翌年七十九歳の生涯を閉じた。

そして政府からは、正二位が遺贈された。

風雲観望

雌伏《しふく》の季節

明治十四年、周造は海江田の手から相良の石油事業を取り戻し、かろうじて事業家の面目を保つことができたが、民権運動の燃えさかったこの時期、政治にどのような関心を持っていたのだろうか。

「政治家になっていれば大成しただろう」という当時の評判もあったようだが、全く無関心というわけでもない。周造から岩倉右大臣に対して、十六年の三、四、五月とたてつづけに長文の上申書、建言書を提出している。内容は、故清河八郎の顕彰、慰霊と、現在も不遇のまま忘れられた存在である当時の尊攘同志の救済である。そのなかにわずかながら当時の政治情勢に触れた部分がある。

「周造つらつら天下の情勢を察観するに、布衣《ふい》貧賤より楽しきはなし。位《くらい》三公をきわむるといえども、その危苦艱辛《かんしん》これよりはなはだしきはなし。いかんとなれば、三公日夜廟堂《びょうどう》にあり、百官を統御し、天子を助け、下、人民に至り、その人を得ればすなわち天下太平、一旦駕御《がぎょ》を失えば危乱これより起こり、一政令の出ずるごとに論議従って発し、そのはなはだしき、刺客横行し処士横議し刃《やいば》を大臣に剰《くわ》うるに至る。今においてその終りを全うするにあたわざる者、あるいは刺客のため害せらる者、横井平四郎、大村益次郎、広沢兵助、大久保利通、および反旗のもと斃《たお》る者、西郷隆盛、前原一誠、江藤新平。しかして大隈重信、板垣退助らのごときは、ひとたび朝を退き、あるいは改進党となりあるいは自由党となり、民間に私党を結び東西に横議し、その間、弾丸、白刃のもと死する者枚挙にいとまあらず。いささか憂国の志あるもの僅《きん》々十六年間かくのごときの形勢を見る。誰か慨然として大息せざるものあらんや。いわんや身、大臣宰相《さいしょう》に位する者をや。閣下の尊衷《そんちゅう》その苦心知るべきなり」

岩倉の世話で、天皇の資金三万円を回してもらったばかりか「天下の丈夫」とほめられたことのある周造が、岩倉に好意を持ち同情していたことはわかる。事実、民権運動の高揚と、権勢を争う陰謀が横行するなか、岩倉は「フランス革命の前時」と称して危機感をつのらせ、武断専制的政策を続発する。岩倉の心労はやや過剰反応気味だったといわれるが、この時はすでに病床にあった。

周造の建言書は続けて、

「改進・自由の両党のごときは、世論洶《きょう》々として大いに政府の患害を成すに似たりといえども、その実何をか成さん。もとより歯牙《しが》にかくるに足らざる言を待たず。しかりといえども、古より治乱興廃、姦雄の藉《か》りて起こるところを見るに、未だ必ずしも言意の外に発せざるを得ず。しかりそのよるところ、未だかつて平常の凡庸視すぐるものに、これによって起こらざるはなし。漢の光武《こうぶ》、玄徳《げんとく》の黄巾《こうきん》、赤眉《せきび》によりて起こるの類《たぐい》なり。これ余輩の一は以て侮《あなど》り、一は以て政府将来のため憂えざるを得ず」

と言い切っている。大隈や板垣も軽く見られたものだ。

本当に恐いのは、前漢を倒した赤眉軍や、後漢を衰微させた黄巾の賊のような、追いつめられた無名の農民による反乱、としているあたり周造の体験に照らして卓見だといえよう。だからそうならない前に、綿密なしかるべき手を打っておくべきだ、と説いている。

その「手」というのが、言外に清河の顕彰と不遇の同志を救済するという文脈につながるのは、周造流の換骨奪胎《かんこつだったい》と見られても仕方がない。膨大な陳情書のほとんどが清河や周造の行動、事績で占められており、たとえ病気にかからなくても、憲法制定の舵取りで精一杯の岩倉に、それを読む暇があったかどうか疑わしい。七月二十日、周造の願いはかなえられぬまま、岩倉は食道ガンでこの世を去った。

一方、石油会社破産前後に周造のもとを離れた社員がたどった道は、決して平坦ではなかった。滝沢安之助は、新潟県頸城《くびき》地方へ進出し、巻土重来《けんどちょうらい》の機会をねらっていた。周造が尼瀬で試掘に使った機械はそのまま政府に差し押えられており、名義も山岡鉄太郎となっていた。滝沢は、この機械を政府から無償で借り受けることに成功した。

明治十年、滝沢は愛国石油鑿井《さくせい》会社を組織して資金集めにかかった。しかし、機械掘りに対する不信は、周造の失敗以来投資家の間で急速に広がっており、目標達成はおぼつかなかった。このため機械の運賃さえ、成功払いにせざるを得ない状態であった。

翌十一年にこの地方に天皇の巡幸があった。高田の町では荻平《おぎだいら》にある滝沢の掘削事業を模型にして天覧に供した。

「この場所は見られぬのか」

「低い山ですが道は狭く急峻《きゅうしゅん》にございます。そのうえ雨上がりですべりやすく、慣れた者でも難渋をいたします」

そこで、供奉《ぐぶ》していた井上馨参議兼工部卿ほかの高官が代理で現地を視察することになった。山道を木の根をよじり草をかきわけながら登っていくと、石油を満たした桶をかついだ人夫が数人くだってきた。

「だれだね、今どき登ってくるのは」

「天皇様のかわりにご視察いただく貴い方だ、失礼のないようにいたせ」

時間帯による一方通行のような道を、予告なしに登ってくるのは、視察団のほうがルール違反だ。天子様の全国巡幸という話は、人夫たちも噂で聞いている。道をよけて平伏しても追い着かないほど偉い人らしい。そう思ったとたん、先頭のひとりはよろけて石油をぶちまけてしまった。

これを目撃した井上は帰京後、赤羽工作局に命じて径二・五インチの鉄管を製造させ、現場と山麓の十九町余（約二キロメートル）をつなぐ工事を実現させた。わが国最初のパイプラインである。五年賦という条件は、他の官業払下げの例にくらべて、特に優遇されているようには見えないが、天皇の思召《おぼしめし》を顕示《けんじ》するには格好の材料であった。

ここの機械掘りで出油はしたものの、その量は次第に減り、翌年油田が火災に見舞われる不運も重なって、ついに滝沢の会社も解散の憂き目にあった。新潟県下では、泡沫企業による石油ブームが何度か起き、また消えていった。周造の夢見た機械掘り成功も、大鳥が指摘した石油近代企業も、実現にはなお時間が必要であった。

周造のもとで、機械掘りを手がけた技師・広瀬貞五郎は、官営の石油試掘にたずさわっていたが成功せず、政府が石油から手を引いた後、佐渡金山の御料局に奉職していた。

二十三年のある日、広瀬は鉱山所長の渡辺渡《わたる》に呼び出された。

「山口権《ごん》三郎さんから頼まれたのだが、君、日本石油会社へ行って仕事してみる気はあるかね。知っているだろうが山口さんは県会議長を務められた大人格者だ。その山口さんが渡米されて石油掘削機の購入を決意された。社長には若い内藤久寛《ひさひろ》君を立てておられるが、尼瀬の海中油田もなかなか順調のようだ、君の経験が役に立つと思うがね」

広瀬は内藤らが、石油事業を起こすに当たり、地元出身のアメリカ駐在農商務省参事官鬼頭悌次郎と連絡をとりながら慎重に構想を練っていたことを新聞で知っており、いずれ機械が導入されると思っていた。大方掘りつくされた金山で無聊《ぶりょう》をかこっていた広瀬は、新天地が開けたような思いがした。石油掘削機械を扱った最初の日本人として、一度も成功の美酒を味わったことのない広瀬が、この話に乗らないわけはない。

「ありがとうございます。是非、お受けしたいと存じます」

紹介状を持った広瀬は、初秋とはいえ暑い日ざしの照りつける尼瀬海岸に立った。白い砂浜の左右には岩礁が沖合いに伸び、これが防波堤の役をして池のような静かな水面となっている。そのなかを石積みの細い道が、遠浅の海へ数本伸びている。浜から道へその先の人工の島へ、もっこを背にした男女が石や砂を運び、半裸の男が筏に組んだ材木を引っ張る。勤勉な蟻の列を思わせる風景だ。しかしピラミッドを築いた奴隷の姿とは明らかに違う。真っ黒に日焼けしたどの顔もいきいきと輝いており、重労働を楽しんでいるかに見えた。

これらの人夫は、ほとんど海を生活の糧《かて》としている地元民である。日本石油会社が海面試掘するにあたり、漁業補償など県を入れて交渉した結果、日当とは別に出油高の二分五厘を配分されることになっていた。

日本石油会社は、世界で初めてとされる海底油田を、このような人海戦術で成功させた。

広瀬は、きびすを返して海岸に沿った北国街道に出た。その本社は、すぐ近くにあった。間口が四間程の古い二階屋で、ひさしを支える柱に掲げた四、五尺の板に「有限責任日本石油会社」と掲示してある。

周造の構えた上野の本社とはくらべようのない粗末なたたずまいであったが、鉱夫たちが「こうもり」をかたどった社紋入りの半纏《はんてん》をまとって、威勢よく出入りしていた。

なかに入ると、謹厳な教員を思わせる風貌をした男が、ひとりで事務をとっていた。

「このたび、御社でご採用いただくことになりました広瀬貞五郎と申します」

「支配人の渡辺忠です。お待ちしていました。内藤は所用で屋敷の方におりますので、そちらへお越し下さるようにとのことです。いま手代に案内させますが、一里ほど西の石地までご足労願えませんか」

内藤邸は同じ北国《ほっこく》街道に面しており、長屋門と土塀に囲まれたこのあたりでは目立つ構えながら、瓦や壁の破損は手入れのないままで、裏に続く石垣は日本海の荒波にさらわれて、崩れたままであった。手代が門のあちこちにあるささくれ立った穴を指さし、戊辰戦争の時のものだと教えてくれた。

内藤久寛は、この時三十を越したばかりで、実直そうな黒目がちの目を輝かして広瀬を迎え入れた。

内藤久寛

内藤が戊辰戦争を体験したのは、九歳の時である。慶応四年正月、鳥羽、伏見で破れた桑名藩の家臣たちは、支配地となっている柏崎《かしわざき》の陣屋に引き上げてから、恭順派と主戦派に分かれての大論争となった。その末、恭順派の首領吉村権左衛門が殺害され、官軍に抗戦することで衆論を一決させた。桑名兵は官軍を天然の険、鯨波《くじらなみ》に迎え撃ったがもろくも破れ、椎谷《しいや》を守っていた水戸浪士の一団も五月六日に石地《いしじ》へ落ちてきた。敗残兵は内藤邸その他へ分宿し、官軍に抵抗を続けたので、石地は大砲、小銃の交錯する戦火の巷《ちまた》と化した。

少年久寛は、一家や他の村民とともに山に逃れ、小屋がけをして雨露をしのぐことになった。石地へ攻め込んだ官軍は、内藤邸に鉄砲を撃ち込んでみたが、その時は既にもぬけの殻で、門扉や柱に残っている弾痕はその時のものである。官軍の主将三好軍太郎は、早速内藤邸を接収し『官軍先鋒本営』の張紙を出した。久寛は、家族の止めるのも聞かず、恐いもの見たさも手伝って、この狭い街道の一部始終を木々の陰から望見していた。

そしてある日、白のたすきがけに白い後ろ鉢巻、それに短い義経袴《ばかま》をはいた自分より三つ四つ上の官軍少年兵が、太鼓を叩いて行進する光景を見た時、久寛は体験したことのない感動に身をふるわせた。それが何であるのか、自分とどのような関係があるのか幼い久寛には理解ができなかった。

ようやく戦火もおさまり、越後府が水原《すいばら》に置かれることになった。府知事に任命された四条隆平卿は、赴任の途次久寛の家で宿泊することになった。久寛は到着した四条に茶の給仕をし、挨拶した。高官、貴人が来訪した際の挨拶は、父が幕軍に便宜を与えたという容疑で、一時逮捕されたこともあり、ひとり息子久寛の仕事になっていた。

わずか九歳ながら、物おじせず威儀を正して挨拶する利発そうな久寛の仕草に、四条は目を細めた。近ごろの京童《きょうわらべ》などには見られないすがすがしさを感じたのであろう。その後挨拶に出た家人に、

「さきほどの子だが、予にくれることはできぬか。東京に連れて帰って立派な人間に育てたいのだが」

「もったいないおことばで、いたみ入ります。何分にもかけがえのない、ひとりっ子の継嗣《けいし》でもありますので、祖父とも相談し、後刻ご返事つかまつりたく存じます」

夜を徹しての家族会議となったが、久寛は上京する機会をただひたすらにつかみたいと思った。

「卿に伴われて行きとうございます。どうかお許しください」

しかし、その願いは遂にかなえられなかった。

それから五年後、久寛は柏崎県黌《こう》に進学していたが、東京遊学の夢を断ち切ることはできなかった。

「当時天下に号令せる明治新政府には白面の書生一躍して大臣参議の高位に上れるもの多く、かつ維新草創の頃とて志士四方に横行し、何れも天下国家の重きを以て任じ、只管《ひたすら》風雲を観望していた時代なので、青年書生の抱負亦頗《すこぶ》る大なるものあり、書を読めば発奮感激し、詩を吟ずれば慷慨悲憤し、常に元気鬱勃《うつぼつ》として当たる可からざるの概《おもむき》があった」

と、自伝に記している。

明治六年の八月末、久寛は遂に金七円を持って誰にも告げず石地の家を出奔《しゅっぽん》した。わずか十四歳の時である。風雨をついて信越国境の山道を越え、暴力かごやに追われて碓氷峠をかけ下り、宿屋に不審がられて泊まりを断わられるなどして、かろうじて横浜にたどりついた。

同郷の先輩がいる高島学校が目当てである。どうにか入学はできたものの、全国各地から集まった同窓生は、二十歳前後の年長者が多く、越後内藤家の御曹司《おんぞうし》もここでは通用しなかった。環境の激変、しかも横浜自体がかつてないスピードで変貌をとげている時期である。

「男子立志出郷関、学若不成死不還」の気概も、多感な久寛少年にとっては重荷となり、幼い神経をすりへらしたに違いない。

出奔して一年に満たず久寛は、原因不明の病に伏した。小康を得て郷里にたち戻ったものの、その後も健康がすぐれずぶらぶらしていた。地元の漢方医の診断は癆痎《ろうがい》（肺結核）であったが、久寛自身は、自伝で、

「今から考えると私の病気は、神経衰弱のはなはだしかったものである」

といっている。いまでいうノイローゼだ。

久寛を強健にきたえあげたのは、その後も続いた貧乏と肉体労働に従事したことであった。幕末の波乱を乗り越え一家を支えていた祖父が、中風《ちゅうぶ》にたおれたこともあって、久寛は勉学の志を一時中断し、家業としていた酒造に全力投球せざるを得なかった。その努力が実り、内藤家にもやや余裕が出てきた。

そして明治十二年、久寛は郡区改正後の初の石地戸長に推された。

二十歳、新進気鋭の政治家・内藤久寛は、翌十三年の集会条例で政府が言論を封殺する挙に出たことを、黙視することができなかった。国会開設請願運動に積極的に参加し、当時新潟新聞主筆として来越していた尾崎行雄とともに請願書起草委員となった。尾崎は、内藤と同年ながら県会書記長の資格で県政界を指導するなど、頭角を現していた。

内藤は国会開設の夢を詩に託した。

急漸相分論説忙　　人皆国士自堂堂
秋風吹覚議場夢　　起剔青燈獨喚觴

十八年、内藤は県会議員の被選挙権を持つ年齢に達し、立候補して県会最年少の議員となった。国会が開設される前、公選された議員が一同に会して議論を戦わせ、重要案件を議決して政治の方向をリードするという議会政治は、日本人にとって初めての経験であった。

活発、というと聞こえはいいが、新潟県会は波乱万丈、議員の確執、議事の紛糾に事欠かず、まとまりの悪い議会であった。これは他県のように毛利、島津、前田といった特定の藩に一括支配されたことがなく、地区ごとの利害対立や、民情風俗の差が大きかったからだといわれている。

しかし、議会政治の理想を追求しようとする意気込みや議員のプライドは極めて高いものがあった。

内藤が議員になった年、県令として来任した鹿児島県出身の篠崎五郎が、県会閉会当日議員一同を行形亭という料亭に招待した。官尊民卑の風が最も蔓延《まんえん》していた時代である。当然のように篠崎は上席に着座した。議員のなかから、

「主人が上席するとは不都合だ」

との声が出て、一同配膳と同時に席を立って帰った。

お客さん立って提灯《ちょうちん》ちゞこまり

当時の狂歌である。県会は、薩長支配の中央政権に対し「知事困る」ような反発力があったということである。こうしたなかで、政党化の動きも中央政局をにらみながら独自に形成されて

いった。新潟でも、改進、自由の二会派がしのぎを削ったが、内藤は同じ刈羽郡の先輩、山口権三郎が率いる越後改進党に属した。

十年代後半には、松方正義大蔵卿のデフレ政策や軍拡のための増税が続けられていたため、秩父事件など各地に農民蜂起《ほうき》が続発し、新潟の農漁村でも他県同様に疲弊が進行していた。山口らが指向したのは、とかく過激な行動に走りがちな自由党一派に対する批判もあって、殖産興業と既存産業の基盤確立による民度向上を急務とすることであった。

山口は県下の地主や商業資本家を糾合し、殖産協会を組織した。このなかには、内藤をはじめ塩谷《しおだに》鉱業事件の渦中にあった中野貫一、本間新作や長岡復興に力を尽くした唐物《からもの》商の岸宇吉などが加わっていた。

殖産協会では、鉄道の敷設が重要な課題であったが、地場の新産業としてセメント、石油なども話し合われた。石油については慎重論が多かったなかで、尼瀬の隣村に住む内藤が最も熱心であった。内藤もこの間、地元で製塩業を試みたり、規約を持った公認の漁業組合を日本で最初に組織したりして頭角を現していた。

内藤は、アメリカから一時帰国していた鬼頭領事を殖産協会に招き、米国石油事情を説明してもらうなど、慎重な姿勢をとり続けた山口らを動かすことに奔走した。

二十一年二月、山口らは殖産協会の懇談会を長岡の常盤楼で開いた。この日、石油の話にさっぱり乗ってこない会の姿勢に、やや業《ごう》を煮やしたのか、内藤は所用を理由に欠席していた。山口は、会員その他に依頼してあった調査の結果を待っていたのだ。この日、石油会社設立を出席者に提案し、同時に社長を内藤に委嘱することの了解を一同から得た。

内藤の自宅に電報が打たれた。

「セキユノケン　トリキメタシ　ウナ　ライコウ　コウ」

内藤は折からの風雪をついて長岡に向かった。


吾越後ノ国ノ石油ハ其発顕遠ク千有余年ノ昔ニアリテ　実益ヲナセル亦近カラス　然ルニ世ノ開明ニ随ヒ需用モ随テ多ク　之ヲ掘採セントスルモノ亦多シ　故ニ国内其脈ノアル所数百ヶ所ヲ既掘シ其之ニ従事スルモノ数百人ニ及フモ　世ニ所謂山師連ナルモノ多ク為ニ或ハ金銭ヲ濫費シ　収支不償半途ニシテ廃業シ永続スルモノ少ナキカ為メ汲採スル石数多カラス　県下ニテモ猶米国産ヲ購求スルニ至ル遺憾ナラスヤ

故ニ有志相謀リ官許ヲ得テ一会社ヲ組織シ　資本ヲ充分シ容易ヲ主トシ濫費ヲ省キテ掘採シ原油ノ多少ヲ試ミ利益ノ如何ヲ計ラントスルニアリ　果シテ原油多数涌出《ゆうしゅつ》スルヲ見ルニ至ラハ会社ノ利益ノミナラス海内《かいだい》ノ幸福ナラン

有志諸君之ノ意ヲ諒シテ加入アラン事ヲ

内藤が書き下ろした創立趣意書の草稿である。石坂周造も中野貫一も、国富を起業のコンセプトとした点で類似している。それに加えて内藤は、経済的合理主義を強調した。大鳥圭介が『山油編』を上梓《じょうし》してから十年目、大鳥が意図した石油の近代的な企業体が、官営ではなく地場の農業、商業資本から誕生することになった。

山口をはじめ、中野貫一ら越後の有力な「旦那さま」二十一人が発起人に顔をそろえている。十五万円の資本金に対する申込、払込は順調に進み、五月十日に創立総会が開催された。


広瀬が目にしたのは、創業してからほぼ二年を経た尼瀬油田の姿であった。手掘り井戸が三十余坑、年間約五千石を採取し、当初の控え目な目標の八倍以上を達成していた。

内藤の口から、広瀬の期待に違わず機械導入の話がでた。

「山口理事が去年の四月から一年かけてアメリカの石油事情視察に行かれ、これからはどうしても機械を使わなければならぬと決心されました。そこで鬼頭さんとも相談され、ピーヤス会社の機械をお世話いただくことになりました。機械は五千六百八十四ドル、これが神戸に着くまでに八千百六十八ドルになり、神戸からここまで回送するのに九百五十八円かかります。合計で日本円にして一万八百円ほど、これだけあれば手掘りで二、三十本掘れます。したがってどうしても機械を役立たせなくてはなりません。アメリカ人技師を雇う話もありましたが、まずあなたにお願いすることにしました」

内藤の目は広瀬を離さなかった。

十月の下旬、神戸から荷が届いたという知らせがあった。広瀬は、佐渡まで内航船で回送された機械をはしけに積みかえ、それをさらに尼瀬海岸に運ぶため、佐渡に向かった。

日本海はこの頃から冬の季節風で荒れ模様になる。内藤に眠れぬ日が続いた。海岸には高楼のある熊木屋旅館があり、晴れてさえいれば佐渡まで見わたせる。内藤はそこに陣取って、海を眺めるのが日課だった。

十一月十七日早暁、まどろむ内藤の耳に、

「舟が来たあー」

という声が達した。夢かもしれない。続いてもう一声、

「舟が来たあー」

と、より近くで叫ぶ。間違いなく広瀬の声だ。内藤はころがるようにして階段をかけおりた。

機械の荷揚げは命がけの作業であったが、あらかじめクレーンにかわる滑車やコロなどが手際よく準備されており、計算どおりに進んだ。機械はさっそく手掘り途中の福泉田《ふくせんでん》に据え付け、広瀬の指図で掘削が始まった。

試掘は成功であった。海中での手掘りという困難さを、機械は見事に克服した。二十四年四月に岩盤を打ち抜き、日産四十石という油脈に到達するのにそれほどの時間を要しなかった。

こうして、広瀬の面目がほどこされただけでなく、日本初の機械による商業生産成功例となり、日本の近代石油産業を勃興《ぼっこう》させる糸口となった。

日本石油はその後も順調に業績を伸ばし、組織も充実してきた。それを見計らったように、内藤は山口に代わって代議士に担ぎだされることになり、二十七年三月の総選挙で当選、中央政界に進出した。

山口は、郷里を出発する内藤に餞別の歌を贈った。

世の人のことになずまずへつらわず
　おもう誠を唯いいにいえ
今の世のほまれを得んとさかしらに
　きたなき名をば後にのこしそ

晴の壮行を祝うにしてはいささか次元が低いような気がするが、始まったばかりの議会は、早くも山口の目に余る腐敗や、醜い権力闘争の場と化していたのだろう。わが子のことのように内藤の行く末を案じた山口の心情には、複雑なものがあったに違いない。

残照

最後の挑戦

日本石油創立が明治二十一年、その年の七月に周造の精神的支柱であった山岡鉄舟が、座禅したままの姿で五十二歳の生涯を閉じた。その前年、華族に列せられ子爵になった時に残した狂歌がある。

喰てねて働きもせぬ御褒美に
　か族となりて又も血を吸

か族は、華と蚊をかけたものである。革命以後、徒食を許されなくなった大勢の旧幕臣の姿を見ている。断わりきれずに期限つきで宮内省に勤めたが、ここでは農民の血税を吸う新たな「華族」の存在を見てきた。

鉄舟は、禅と剣それぞれの奥義を究めるため修行を続けた。三遊亭円朝は、鉄舟のことばからヒントを得、初めて落語の神髄に触れることができたといわれている。鉄舟の求道心は単なる権力からの逃避ではない。禅は、四十四歳で大悟徹底、適水和尚の印可《いんか》を受けた。また同年、剣は無敵となって、初めて無刀流を名乗る一派を開き、その後一刀流正伝を継承した。

葬儀の日、門人の村上俊五郎は殉死《じゅんし》の恐れがあるということで、終日四谷警察署に保護された。村上は周造を清河八郎に引き合わせた若き日の同志である。周造も、鉄舟の死に茫然自失した。しかもその翌月、長男の宗之助を三十六歳の若さで失うという二重の不幸に見舞われた。宗之助はアメリカに留学後、相良や東京で石油事業にたずさわっており、周造もひそかにその成長を期待していたところである。

周造のショックは、村上とはまったく異質のものであった。周造は革命前夜、自殺の衝動を二度克服した。それに、革命後も石油立国という大目標を自らに課してきたことにより、村上とはすでにあらゆる面で価値観を異にしていた。

二十五年に還暦を迎えた周造は、残された人生のすべてを石油にかけることにした。産油量のふえない相良や長野に見切りをつけ、敢然と新潟県に乗り込んだ。新潟県では前年に日本石油の機械掘りが成功し、この二月には大隈重信らが発起《ほっき》した東京石油が、同じ尼瀬海岸で大成功をおさめていると伝えられていた。尼瀬は周造にとって縁のない土地ではない。しかも同地には周造が購入した機械がまだ死蔵されており、これを利用することも可能であった。

周造の借金は、およそこの頃までに完済できていたようだ。鉄舟を通じての負債は、海舟らの奔走で棒引きになったものもある。資金を持たない周造は、成功払いによる鉱区借用や共同事業、または試掘ごとの会社設立方式をとることにした。これは、石油開発のリスク分散をはかる最近のやりかたに似ている。

二十年前は、尼瀬に初めての機械を送りつけ、地元の名士を高給で支社長に任命した上、外人技師をともなって団体で堂々と乗り込んだが、この度の周造は単身赴任である。地元には周造がどううつったのだろうか。

最初の本拠は、柏崎の旅館岩戸屋である。外出の際は二人引きとか三人引きという人力車を雇い、夜具ふとん、日用調度の類は専用品を持ち込むという当地の人から見れば、もと大名なみの豪勢さであった。

西山の近くにあってまだ未開発の内郷村・鎌田地区を有望と見た周造は、三十一年頃、地元の尼寺・観音堂に居を移した。そこでは庵主の恵明尼《えめいに》が身の回りの世話をした。

尼の述懐によると、風呂は薪を使わず炭火で沸かさせ、入浴後の湯はすぐ落として他人には使わせなかった。また、常時ビールを絶やさず、座敷にはテーブル、椅子を置いて使っていた。この洋風で一見派手好みの生活は、金看板を掲げフロックコートで東京を濶歩《かっぽ》した頃と同じ動機、心境によるものであろうか。また、攘夷の精神を忘れて西洋礼賛者になってしまったのだろうか。十数年前とすっかり変わったのは、肩に張りがなく、やや背を丸めた穏和な風貌である。鎌田に来る前から軽い中風の症状を訴えており、用のない時はほとんど横になっていたという。見栄や贅沢もあっただろうが、肉体上その必要に迫られていたとも思える。

周造の手になる試掘櫓には、畳三枚分もある垂れ幕が掲げられるのが常であった。そこには、次の字が書かれている。

物換星移開化天　人情一変異従前
当時富国強兵策　不在干戈在貨泉
明治四年　石坂信則霞山

いうまでもなく、革命後に牢を出て心機一転、新時代を生き抜く覚悟を示した時の詩である。この初心貫徹の秘めた闘志は、悽絶《せいぜつ》と言うべきであろう。しかし、当時の周造の言動からそれをうかがうことはできない。

鎌田で鉱夫をしていた古老の証言がある。

「鉱夫たちは翁を『石坂さん』と呼んでいました。背は五尺七寸くらい。ちょっと小太りした人で、とても人品があって、ちっともいばらない方でした。なかなかきさくに話をされるし、金はなくても、いつも酒を用意していて、よくしてくださいました」

この前後にあたる相良と小諸の自邸では、書生や食客をおいて「殿様」と呼ばせ、訪問者はそれらの取次ぎがなければ会えなかったということだが、いずれも真相だったのだろう。

「ただいま戻りました」

恵明尼が書見をしていた周造に挨拶した。

「柏崎の町でめずらしく広瀬貞五郎様にお目にかかり、近く伺いたいと申しておられました」

「おお、広瀬君か。日本会社の発展で忙しかろう」

「はい、新しい鉱場が長嶺《ながみね》、新津《にいつ》、東山《ひがしやま》とどんどんふえて、体ひとつではまわり切れぬほどだそうでございます。それに鉱夫さんからは、広瀬様は綱掘りの神様だと尊敬されてなさるようで」

「ほう、それはまたどうしてだね」

「広瀬様の選んだ場所で機械掘りをすると、必ず当たるということもあるようですが、それだけではありません。お仕事には大変厳しうなさるようですが、勇敢で鉱夫さんには優しい神様のようなお方だと評判になってなさいます。ある時など、手掘りの井戸のなかで柱の木が折れかかったのを、人が止めるのも聞かずに飛び込んで、両手でふんばって崩れねようにしなさった。それで底にいた人が助かったそうですて。また火事になりそうになったときは、まっ先に火元にかぶさって消しなしたたとか」

「広瀬のさむらいは本物なんだねえ。感心なものだ。生きるときも死ぬべきときも自分でさとって自分がきめる。広瀬にはそれができるんだ」

数日後、広瀬は酒持参で観音堂の周造をたずねてきた。周造は鉱夫頭の関矢大作も同席させた。関矢は石油会社創業の頃からただひとり、周造と行動を共にした鉱夫で、広瀬とも面識があった。

三人は懐旧談で時のたつのを忘れて話し合った。今や三人とも日本で最も経験を積んだ石油の先導者である。話は当然石油の現状から将来にも及んだ。

「石坂さん、鎌田一号井の見込みはどうですか」

「これがだめなら、天は周造を見離したもうたと首をくくるか、はっはっは。第一金がもう続かんし、このとおり機械のお仕置を考えているところだ」

周造は後ろを振り返り、机に手を伸ばして何か書きつけた紙を取り、読み上げた。

達し書き

その方儀、数万の金額を経費し、万里の波濤を渡り皇国に来たり、北越に寓居《ぐうきょ》すること久し。しかりといえども、汝元来無精霊、土地の便により功も無功も人工の精粗に関すれば、能州七尾《ななお》港より移住申しつけ、彼の地において分解の功をいたし、これまでの無益の罪を償い申すべく、万一不勉強いたさば、大和魂をもって打ち砕き、婦人の鉄漿《おはぐろ》壺へ埋没すべきものなり。

会頭　石坂周造

米国発明製造機械へ

「これから機械に言い聞かせようと思っていたところだ」

笑い声をさえぎるように広瀬は言った。

「ここで機械さまの機嫌を損じてはなりません。鎌田は私の見立てでも必ず出ます。うちの内藤社長は、去年アメリカから回ってロシヤのバクー油田を見てきたが、狭い半島のバクーは第三紀層が入り組んでいて日本によく似ている、日本もまだまだこれからだとえらく自信を深めてきた。

それで代議士をやめて石油に専念すると、大層な意気込みようです」

「たしかに手掘りの浅いところはともかく、機械で深掘りすればまだまだ出るだろう。政治などやってる暇はないかもしれんなあ」

「この前も社長は勝海舟先生に会ってこられたようですが、軍艦が将来石油で動くようになることも考えておかねばならんといわれたそうです。それにつけても二億五千万円の軍費をかけて清国から遼東《りょうとう》半島を奪ったのに、三国干渉で取り返される。くやしいからといって、毎年億以上の金を軍につぎ込む。それよりは国内で石油をひとつ当てた方がよほどましだ、といった話になったようです」

「最近は日本石油でどのようなことをしているのかね」

「この頃の井戸は、山奥へ入るようになったので、簡単に運べるスター式という簡易掘削機を発明しました。これは新潟鉄工所を別会社にして、そこで作っているんです。高い輸入機械の何十分の一ですみそうです。

それから、鉄道タンク車というのも考えました。北越鉄道が完成すると新潟から直江津、高崎を通って、東京まで線路がつながるようになる。これで、石油を東京まで積みかえなしで一挙に運べます。いままでは缶に入れて舟に積んだり、馬車に積んだり、貨車に積みなおしたりが八回ほどもありました。それに大雪でもからむと都会では物が切れて注文がとれなくなり、産地ではタンクがあふれて投げ売りが始まるんです。この失費で儲けもふっ飛んでしまいました。鉄道会社を作った山口権三郎さんたちも、そこまでは計算してなかったでしょうけど」

「要は米油と越後油の売値の差を、どれだけ縮めるかだな」

「越後油は、缶が汚く目減りもあるという悪評ですが、これはタンク車やタンク船で東京・大阪に中味で送り、買い手の目の前で缶に詰めれば解決します。品質の点では、各社合同の検査機関を作るという話もありますが、日本会社の柏崎製油所が完成すれば、外国と同じ大量生産の機械で連続して製品が出てきます。いままでのように釜に一回毎に原油を張って製造するのと違って、製品にバラツキが出るなどのことはなくなりますね。あとは宣伝次第ですよ」

恵明尼も、いちいちうなずきながら広瀬の話を聞いていた。

「石油井戸をみんな機械で掘るようにしたら、どんがにようございましょうね。東山で生き埋めになりなした衆は、三年もたってやっと仏様になりなしたども、きのどくなさいましたねぇ」

東山油田の勃興は長岡に大石油ブームを巻き起こし、石油投機をかき立てた。まだ証券取引所が開設されていないため、女仲買人が百人近く街角に立って前掛けを広げ、手際よくかつ正確に株売買をとりさばいた。この風景は長岡名物となったが、戊辰の戦災で荒廃した町に活気をもたらし、県下第二の商業都市への復興を暗示するものだった。

しかし、その端緒となった太平《たいへい》石油会社の加津保《かつぼ》沢三号井《せい》では、悲惨な犠牲者をともなった。九十九間一尺（百八十メートル強）の手掘り井の坑底で、品川林作という坑夫が作業中、突如轟音とともに自噴が起きた。上にいる者が必死に命綱を引いたが、途中の土砂が崩れ落ち、力尽きて埋没した。当局はこの遺体の引き上げを会社に厳命し、その隣に二本の井戸を掘って三年後にようやく回収されたが、手掘り井《せい》そのものを禁止する処置はとらなかった。人手と時間がかかってもまだ機械掘りよりは安かったのである。

関矢が話をついだ。

「私も坑夫だが、東山の手掘りはごめんこうむりますね。何十分交替で百間以上ももぐるんだが、まず先の坑夫が命綱を引っ張られて上がって来ましょ。みんなで『ご苦労さまっ』て大声をかけるが、ぱくぱく息するだけで返事もできゃあしない。顔は油でまっ黒、地上に出るとそのままそこへへたれこんじゃいます。次に入る人は、そばに置いた祠《ほこら》に『弥彦さま弥彦さま、どうかお願いします』とおがんでから入る。底に着く頃には、竹筒を通して呼吸する空気を送るため、地上でたたら踏みが始まります」

尼は、手を合わせながらランプに近づき、火をともした。

手掘りも併用していた日本石油の技師長である広瀬にとっても、決して他人事ではない。

「これを見ていたアメリカ人技師が『おお、神よ』といって天を仰いだ。これは日本の恥だ。そのうちにみんな機械にしますよ。そのため坑夫の学校を創るつもりです。たたらは日本の発明だが、調子をとって踏むためのたたら歌というのを聞いたことがありますか、そのうち聞けなくなるかもしれないからご披露しましょうか」

広瀬はぐっと杯をほした。

〽鎌倉の建長寺のお庭で
七つなる娘が鐘をつく

いやその鐘はただにはつかぬ
いい夫もたせたまえというてつく

〽十七八は道端の竹の子
でるたび人に思いをかけらるる
いやかけられてても苦しくはござらぬ
かわいい時は二度とない

「これが浅くてゆっくり空気を送る時。深くなるともっと拍子が早くなる」

〽軒の南天朝日をまちる
私や日暮れの殿まちる

〽思うてくれるな身は井戸掘りよ
建て込む桟木《さんぎ》が狂てくる

〽可愛い男に井戸掘りさせて
わしも行きたいたたら踏み

観音堂にはめずらしい笑い声や拍手が、夜更けまで続いた。

栄光の虹

鎌田二号井にとりかかると、ついに周造の資金は尽きた。周造は、関矢以下の坑夫を集めて事業の断念を告げなくてはならなかった。

「私の志もはやこれまでとなった。皆に仕事をやめてもらうのは心苦しいが、もし待ってもらえるなら、数日のうちに新しい施主《せしゅ》をさがしてくるつもりなので、どうか許してほしい」

二十になったばかりの古川松太郎という若い坑夫がまず訴えた。

「普通この辺の人夫賃は日に十二銭ほどなのに、おまえには難しい仕事をやってもらうとおっしゃって、六円の月給にしていただきました。正直なところ、油も出ないのに多すぎると苦にしていました。これからは油が出るまで、タダで働かせて下さい。お願いします。油はきっと出ます」

他の坑夫も競って奉仕を申し出た。

「有難う、有難う。この年寄りを見捨てずにそこまで励ましてくださるか」

周造の笑顔は涙にまみれた。

関矢が金策に回ったが、石坂の事業ということで応ずる者がない。最後に、尼瀬で小規模に製油をやっている新津《にいつ》恒吉のところへ駆けこんだ。

新津は周造の苦境を知って、

「あいにく今はこれしか手元にありません。これをさしあげますから油を出してください。出た油は前金で頂戴します。真っ先に回してください」

といって持っていたニッケルの懐中時計を差しだした。

関矢はそれを質入れして一円五十銭にかえ、石炭、機材など当座の入用をつなぐことにした。

二号井は成功には至らなかったが、手ごたえのある油徴を探り当てた。周造は、山の斜面を二号からやや下がったところへ迷わず第三号を据え付けた。この頃、周造は暗くなっても観音堂にもどらず、作業を食いつくように見守る日が多くなった。

やがて待ちにまった瞬間が来た。深度百三十間、最後の岩盤を打ち砕くためビットを取り替えた。エンジンの音の間に、シューッという高い音が混じった。

「エンジン停めろーっ」

一瞬の静寂を関矢の声が破った。

「石坂さん、石坂さあーん」

その声は踊っている。周造はエンジン小屋を駆け出た。

白いガスが櫓《やぐら》の頂のあたりで胡蝶のように舞い、石油の霧が赤松林に美しい虹をかけた。小屋の入口の左にかけた「物換星移……」の垂れ幕は、周造が尊王攘夷にかけた命と情熱を、革命後産業興隆に捧げようと誓った二十八年前の詩だ。そこへポツ、ポツと茶色のしみがつく。

周造の山高帽や背広、そしてめっきりしわのふえた頬にも遠慮なく石油が降りかかった。明治三十二年秋九月、これが周造の半生をかけた成功の光景だった。

周造は、出雲崎の旅館「柿の木屋」で謝恩と祝賀の宴を催した。新津恒吉も招かれたが、周造は新津をかかえるようにして警察署長や地元有力者より上座の席へ着かせた。

周造は、頃を見計らって立ち上がった。

「みなさん、今日は顔見知りの方ばかり。石坂の内祝でございますのでゆっくりおくつろぎ下さい。ここで石坂の漫談を申し上げたいのですが、どうぞ召し上がりながらお聞きください。私も年寄りの我がままで座らせていただきます」

用意された椅子にかけ、ゆっくりと語りはじめた。

「私が尊王攘夷で長らく牢屋暮らしをしていたことは、皆様先刻ご承知のことです。さて、ご一新となり石油を始めることにした。これは、ある外人牧師のすすめもあったが、これからは日本が経済で力をつけなければ、大変なことになると感じたからです。

軍備はしなければならない、外国からは便利なものがどんどん入ってくる、石油も買わなければならない、生糸の輸出ぐらいではとても追いつかない。そこで外貨が足りなくなるから、国が借金しなければならない。国内に産業が興らないと、その借金が返せなくなる。

するとどうなるか、現にエジプトは二十五億フランの利子が払えず、とどのつまりスエズをイギリスに攻め取られてしまった。チュニジアも借金でフランスに併合され、トルコは昔の面影もなくなった。そんな例は昔からいくらでもあります。

それを片時も忘れぬようにと、井戸には詩を書いた幕を掛け、二十八年間頑張ってやってきました。おかげさまで、このたびようやく鎌田に一日三十石の井戸を掘り当てることができました。

国産の石油も近年はどんどんふえています。しかしまだその四、五倍の量を外国から買わなければならない。私が掘り当てた石油は、日本で使う量の百分の一にも満たないと思いますが、それだけは確実に外貨を使わなくてすみます。

この七月に日英条約が改正されて、外国人の内地雑居が実現しました。ダンというにせ外人技師にだまされてスッテンテンになったことのある私に『お前さんはどう思うね』と、よく聞かれます。たしかに、今度の条約改正は第二の開国です。外人は日本中どこでどんな商売をやろうと自由です。お金や土地や仕事だけでなく、場合によれば女まで奪われてしまうんではないかと、心配した人がいたといいますが、だからといって嫁入り前の娘を倉に入れ、一歩も外へ出させないというわけにはいきますまい。治外法権《ちがい》という外人に有利な裁判制度もなくなり、石油の関税も日本自身が決められるという点で、ある程度外国と平等に張り合えるようにもなるのです。石油では、横浜に出先を設けたスタンダード社が、越後で試掘や製油のための調査にかかったという噂は皆さんご存じのとおりです。

幸いにして、ここ越後のご同業各位は、かつての私のように未熟でも無知でもありません。私はいろいろな経験を通じて、日本人が決して外国人に劣ることのない、優れた民族であることを誇りに思っております。石油事業の内地雑居はそれを証明するいい機会になると信じます。外国と利害相反することがあれば共同してこれに当たり、また共存共栄の道があればこれに協力もでぎましょう。

そこで私は、鎌田について私の持つ権利一切を『門戸解放』することにしました。鉱区、井戸、出油は残さずご同業の皆様でお使い下さい。そうすることによって、私の永年の苦労が報われると考えたからです」

座のざわめきを横目に、周造は入口にいた関矢に目で合図をした。関矢の持ってきた旗指物《はたさしもの》のようなものを数本受け取ると、再び口を開いた。

「ひとつだけ皆様にお願いがあります」

旗を広げると「石坂周造御用荷物」と墨書してあり、左下に小さな朱印まである。

「これは本年いっぱい、石坂の井戸で好きなだけの原油を、いつでも無料で持ち出すことのできる旗です。これをここにおられる新津翁《おう》に十本献上することを、お許し願いたい」

新津が、

「そ、それは困ります」

と辞退したが、周造はかまわずに続けた。

「翁は石坂がまさに倒れんとするところを、お救い下された。翁なければ鎌田の成功も見ず、石坂は空しく朽ち果てるところでした。今日あることは、すべて翁のおかげです」

後日、新律が持参した原油代七百円を頑として受け取らなかったことや、従業員に十分に過ぎる報償金を出したことも評判となったが、これらは周造の生涯最後の晴舞台を飾るにふさわしい演出であった。

周造の持つ諸権利は、二十四社の間で競争入札のような形となり、周造に膨大な利益をもたらした。鎌田はその後大正、昭和にかけて越後を支える有力な産油地帯となる。

なお、新津は中野貫一とともに、現在あるコスモ石油の遠い先祖をなす一員である。

天香閣

鎌田成功から二年ほどたった。

周造は、信州小諸の景勝の地に建てた豪華な別荘「天香閣《てんこう》」の一室にいた。玄関や勝手口のある北側の廊下から、女のけたたましく競いあうような声が二階の周造の耳まで達した。しばらくして女中が手紙を一通、周造に届けにきた。

「なにを騒いでおるのか」

「はい、髪結いが奥様を、おかみさんと呼んだもんだから、奥様がもう出入りはなりませんと大層ご立腹になり、帰らせたのでございます」

奥様とは、小諸の薬種屋《やくしゅ》、金沢長右衛門の未亡人金沢ことという女で、周造とは信越線の汽車のなかで知り合った仲だった。その三女たみが周造の四男貢に嫁ぎ、二人の孫をもうけていた。そして、若夫婦を谷向いの別邸に住まわせ、ことは周造の本邸に同居していた。

周造は、天香閣の周辺で神社を造営したり、渓谷に釣橋をかけたりしたが、ほかに近くの丘を買収して桜の木を植えた大公園を設けるとか、群馬県の鹿沢《かざわ》温泉から延々と湯を引いて百畳敷きもある大湯殿を作る、などという途方もない計画もあった。

これらの計画を、誰が中心になって推進したのか定かではない。やり手で通る地元の光岳寺住職・碓氷勇海和尚や、同地出身の元書生で執事の掛川登市などがかかわっていたことは確かで、こともその実現を夢見ていたひとりだったと思われる。しかし、あてにされている周造の資金が無尽蔵であるはずはない。周囲が騒ぎ立てるほど、周造は考え込む日が多くなった。

手紙は広瀬からのものであった。

広瀬が伝えてきたのは、いよいよスタンダードが資本金一千万円という空前の規模の日本法人、イントルナショナルコムパニーを設立し、これに脅威を感じた越後の石油会社の間で大合同論が起きているが、日本石油はこれに動ぜず一社で立ち向かう決意を固めた、ということだった。

大合同論は数年前からあったが、大隈重信が新潟遊説をした時の警告が業界に決定的な衝撃を与えることになった。その要旨は、

「イントルはたぶん新潟県に大製油所を作り、国産原油を高値で買い占めるだろう。このため、小製油所は操業不能となる。次にパイプラインを張りめぐらし、運賃で原油販売業者の競争力を奪い、得意先を奪うだろう。そうして、国内業者を絶体絶命の境遇におとしいれたところで、削井事業に着手するだろう」

というものだった。これに呼応するように、宝田《ほうでん》石油（大正十年、日本石油に合併）の山田又七が中心となって企業合同が急速に進められた。

一方、日本石油の内藤は新聞に次のような見解を発表した。

「世人が今にも外人のために、石油事業を蹂躙《じゅうりん》せらるるが如く言いはやすはすこぶる面白し。しかし石油会社はみな一山百文のもののみとは限らず。なかには永遠の計をなして堂々事に当たる

の余力あるものなきにあらず。外人とて鬼神にはあらず、つまり同等の人間にしてそれほど畏怖《いふ》するを要せず。今やわが日本帝国は内地雑居を許し外資輸入を望むの日なり。このときにおいて、招かずして一千万の外資を投ぜんとするもの来たれり。むしろよろこんで迎うべきなり。われには加うべき法律の制裁あり。また石油事業界において、優に相対するの実力を貯うるものなきにあらず」

広瀬は、石油の将来をひそかに案じている周造に、この日本石油の方針をいちはやく知らせたかったのだ。

後日のことになるが、イントルはアメリカから持ち込んだ機材で、直江津に近代的大製油所を作り、大隈が心配したように日本の石油業界を席巻《せっけん》するかに見えた。しかし、それに見合う原油調達が思うにまかせず、四十年になって、同社の新潟県における全資産を、百七十五万円で日本石油に売りわたす結果となった。

手紙の最後は、鎌田の恵明尼の消息であった。

周造の去ったあと、わずかながら周造が不用意に残していった商店などへの借金を、尼が托鉢しながら返済しているとのこと、そして周造の使った什器や硯《すずり》、ステッキの類と、勝海舟の書「放意楽余念」の扁額《へんがく》は、そのままの姿で観音堂に残されているという。周造は、形見に置いてきた小刀《しょうとう》と、造築した観音堂を有姿《ゆうし》のまま喜捨《きしゃ》してきたつもりでいた。しかし尼は「いつかは必ずおいでになる」と信じ、周造の居室をそのままにしているらしい。

「こころを放ち、余念を楽しむ」

周造はふり返ってみて、このような心境とおよそ縁のない日々を過ごしてきたことに気がついた。

扁額に書かれた五文字は、海舟晩年の心境だったのだろうか。旧幕臣はそれぞれ自立の見通しが立ち、徳川慶喜の名誉回復も完全に達成された。周造が石油事業に着手することに反対した海舟だが、借金に追い詰められている時には、陰で応援をしてくれた。周造が鎌田の成功を誰よりもさきに吹聴したかったのは、海舟に対してであろう。その海舟はすでにない。

山の影であたりが暗くなった。千曲川を隔てた対岸の丘に、周造がつけさせた灯籠のランプがチカチカと光りはじめた。周造は紫色に広がった空を仰いだ。夕日を受けた浅間が悠然とした山容を横たえている。その頂に残ったひとつの浮雲に、周造は妻桂子を見た。

桂子は兄弟のいる静岡から東京に戻って、上野の西黒門町に新築した間口十間もある大邸宅に、次男の林次郎と静かな生活を送っている。だが桂子は実子にめぐまれず、わが子同様に暮らしてきた長男宗之助に先立たれてからは、生来の快活さのなかに、いつしか孤独の影を宿す日が多くなった。

「明日東京に帰ろう。もう再び、信州にも越後にも来ることはなかろう」

周造は、こう決心した。

完

あ・と・が・き

石坂周造は東京へ戻った二年後の明治三十五年、波乱に富んだ生涯を閉じた。江戸封建社会と明治近代社会の両時代を精いっぱい生き抜き、その大変革の渦に自ら身を投じた周造の人生は、維新そのものであったといっていいだろう。

しかも興味深いのは、周造が意識していたかどうかは別として、清河八郎らと結託して攘夷を起爆剤に「旧秩序破壊」を謀り、次には「統一国家」建設のための混乱収拾工作に奔走し、そして近代資本主義成立に先んじて「産業化」につき進むという、いつも改革の一段階を先取りした行動をとっていたことである。またそれぞれを区切る期間は、牢獄生活で行動の自由を失うが、その志操は一貫して奔放、独善、そして戦闘的であった。

希代のテクノクラート・大鳥圭介も、周造と同じ時代を生き抜いた。近代社会の成立には、新しい秩序が確立されなければならない。それには優れた官僚とその組織が必要である。そして新旧の両体制から嘱望され、職分を忠実に守ることにより全力を尽くしたが、その成果を自らのものとすることができなかった。

このふたりは、互いに接点がなかったものの、前半は幕府の立場にいて活躍した。そして革命後は、それぞれ日本の官僚と産業人の原点を担った。言論人沼間守一などもそうだが、維新の元勲とはされないこのような人々のエネルギーが、近現代史のスタートにどういう役割を果たしたのか、もっと解明されてもよいのではないか。

本編は、周造に関する部分のほとんどを故前川周治氏の『石坂周造研究』に負っている。氏は、筆者の勤務した日本石油の先輩で、広報業務に関連してご指導をいただいたり、『石坂周造研究』の出版にあたって何度かご相談にあずかったりしたことがある。柏崎のご自宅で最後にお目にかかった際、

「顕彰碑に『一代の怪傑』とあるが、まさにそのとおりだ。もっと大勢の人に周造を知ってもらいたい。小説にしても面白いものができると思う」

といったようなことを話されていた。

筆者も同感であったが、その頃は自分でまとめてみようなどとは考えてもいなかった。そのうち機会があって、近藤大博氏（元中央公論編集長）に著名作家に執筆を依頼するにはどうしたらいいのか相談してみた。その答えが「関心の深いあなた自身が書くのが一番」というものである。そんな能力があればなにも苦労しないのだが、前川氏が一九八九年に物故されてから、なにか宿題が残っているような気がしてならず、身辺の史料整理をはじめたのが本編を手がけることになったきっかけである。

したがって文献、史料の忠実な再現を主とし、創作はそのつなぎや史料に欠ける部分を補う程度にとどめることにした。その上で、筆者がねらいとした「幕末政治史の片隅と近代産業史の一端を周造や大鳥の事跡を媒介して連結する」ことができたかどうかは、読者のご批判にゆだねたい。

最後に、本編執筆の動機をつくっていただいた前掲の両氏、そして執筆の途中激励や適切な指摘をいただいた石油業界関係の諸兄、出版にあたりご指導いただいた平田勝氏に心から感謝の意を捧げる。

一九九三年六月

真島節朗

「浪士の経営学」(『石油文化』一九九二年一月号より十九回連載)を加筆改題

新版発行にあたって

今年が「明治一五〇年」に当たるということで、政府の肝いりによる記念行事が中央・地方を問わずあふれているようです。来年は平成からの改元があり、またさまざまな話題になることでしょう。

ただし、一八六八年九月に改元した明治が「そのまま続けば今年が一五〇年に当たる」ということだけでは、歴史を検証するうえであまり意味がありません。その年に改元してなにか画期的なことが起きた、または改元したから起きたという史実がないからです。

孝明天皇が没したのは二年前の十二月、皇太子だった明治天皇はまだ若干十六歳で、翌年一月九日に践祚（せんそ＝位につくこと）しましたが、摂政として公家の二条斉敬が当たることになりました。

元号は慶応のまま続き、改元が実現するまでの間、徳川慶喜の大政奉還や鳥羽・伏見の戦いがあり、真偽の疑わしい討幕の密勅文書というものも出てきました。

「明治一五〇年」はフワッとした意味で、東洋でいち早く先進国入りをした明治維新を、改めて検証したい、ということなのかもしれません。

尊王攘夷に始まり海外に目を開こうとした維新の志士というと、吉田松陰、高杉晋作、坂本龍馬などがあがります。ところが明治改元前にそれぞれ刑死・病死・暗殺で命を落としており明治の元勲にはなりませんでした。西郷隆盛も西南の役で道半ばにして朝敵に名指しされ、結果を見ずして戦場で命を落とします。

この書は当初、二度の石油危機を経て石油資源枯渇を憂える声の高かった頃に書き始め、題を『「浪士」石油を掘る』としました。物語は、主人公の石坂周造が幕末に幕府が組織した「浪士組」を舞台に尊王攘夷を旗印に暴れまくり、その後は勝海舟や山岡鉄舟の食客として、命がけで彰義隊説得にも当たることにつながります。

尊王攘夷は、討幕派の専売特許ではなかったのです。明治維新はいつからいつまでか、定説はないようですが、執筆のため当時のいろいろな文献にあたりました。

その結果、「維新」という表現はほとんどなく、一番多いのが「ご一新」次いで「世直し」、幕府サイドの文献にも「回天（天業回古）」「ご一洗」などが使われています。意外に多いのが、かくれた民衆の力を思わせる「革命」です。しかしこれは短命に終わり、代わってやはり中国文献からとった「維新」が一般化したものと見られます。

明治の歴史書を追っていくと、「文明開化」「自由民権」「有司専制」「殖産興業」「富国強兵」「藩閥政治」など四文字熟語が続きます。その中で石坂周造は、文明の象徴ランプの燃料石油が外国人に支配されないようにと、国産石油の開発に乗り出しました。

ところが失敗続きで莫大な借金を負うことになり破産、それを岩倉具視の世話で天皇からの資金融通を得て事業を続けます。そして、遂に越後の鎌田で大油層を掘り当てました。ここで権利を地元業界に分譲、殖産興業の実をあげることに成功しました。

こうして、幕末・明治の歴史の中で一貫した志操を変えず奔放に生き抜き、明治三十五年にその生涯を閉じます。

歴史の流れを止め、一時期を限って観察することが危険であることは常識です。石坂周造は歴史書の上でほとんど無名です。ただし幕末から明治を生き抜いた個人の一代記をたどることで、明治に新たな見地が開かれるということになれば、筆者として望外の喜びであり、再刊の目的も果たせるのではないかと思います。

最後に、既刊が全国の図書館関係や登場人物の地元山形、新潟、長野、静岡などを中心に好評をいただいたこと、そして、この再刊企画を進めていただいた共栄書房の平田勝社長をはじめスタッフの皆様方に改めてお礼を申し上げます。

二〇一八年九月

真島節朗

◆主な参考図書（順不同）

前川周治『石坂周造研究』三秀社、一九七七年
大鳥圭介『幕末実戦史』新人物往来社、一九七八年
山崎有信『大鳥圭介伝』北文館、一九一五年
大森曹玄『山岡鉄舟』春秋社、一九八八年
子母沢寛『新選組始末記』中公文庫、一九九〇年
子母沢寛『勝海舟』（1〜6）新潮文庫、一九七三年
百瀬明治『「適塾」の研究』ＰＨＰ文庫、一九八九年
吉川英治文庫『三国志』（七）講談社、一九七七年
貝塚茂樹『中国の歴史』（上）岩波新書、一九七六年
望月洋子『ヘボンの生涯と日本語』新潮社、一九八八年
井黒弥太郎『黒田清隆』吉川弘文館、一九八七年
加茂儀一『榎本武揚』中公文庫、一九八八年
綱淵謙錠『戊辰落日』（上・下）文春文庫、一九八七年
石井良助『江戸の刑罰』中公新書、一九八七年
奈良本辰也監修『幕末・維新おもしろ事典』三笠書房、一九八九年
竹内理三他編『日本近現代史小辞典』角川書店、一九七九年

桑原武夫編『日本の名著・近代の思想』中公新書、一九六二年
藤原彰・今井清一・宇野俊一・粟屋憲太郎編『日本近代史の虚像と実像1』大月書店、一九九〇年
立脇和夫『明治政府と英国東洋銀行』中公新書、一九九二年
奥田英雄『日石80年史草稿』、一九七八年
中野財団『鶴堂中野貫一伝』、一九三四年
徳永清綱『石油王中野貫一ものがたり』新潟日報事業社、一九八八年
内藤久寛『春風秋雨録』石油文化社、一九五七年
長誠次『本邦油田興亡史』石油文化社、一九七〇年
『日本石油百年史』日本石油株式会社、一九八八年
『日本の歴史』(19~22)中公文庫、一九七四年

真島節朗（ましま・せつお）
1932年山口県下松町生まれ、明治大学商学部卒、日本石油株式会社（現・JXTGエネルギー）入社、『日本石油百年史』編纂に従事、以後金融機関・社団法人・民間企業などの年史執筆協力、『海と周辺国に向き合う日本人の歴史』で2000年第1回古代ロマン文学大賞受賞、2005年4月ブログ「反戦塾」を開設現在に至る。

新版「浪士」石油を掘る——石坂周造をめぐる異色の維新史

2018年10月20日　初版第1刷発行

著者 ———— 真島節朗
発行者 ——— 平田　勝
発行 ———— 共栄書房
〒101-0065　東京都千代田区西神田2-5-11 出版輸送ビル2F
電話　03-3234-6948
FAX　03-3239-8272
E-mail　master@kyoeishobo.net
URL　http://www.kyoeishobo.net
振替 ———— 00130-4-118277
装幀 ———— 黒瀬章夫（ナカグログラフ）
印刷・製本 —— 中央精版印刷株式会社

ISBN978-4-7634-1086-3　C0023